須田剋太画伯

Wall
8:30
7月8日(月) 曇
New Jersey

司馬遼太郎が愛した「風景」

芸術新潮編集部【編】

とんぼの本

目次

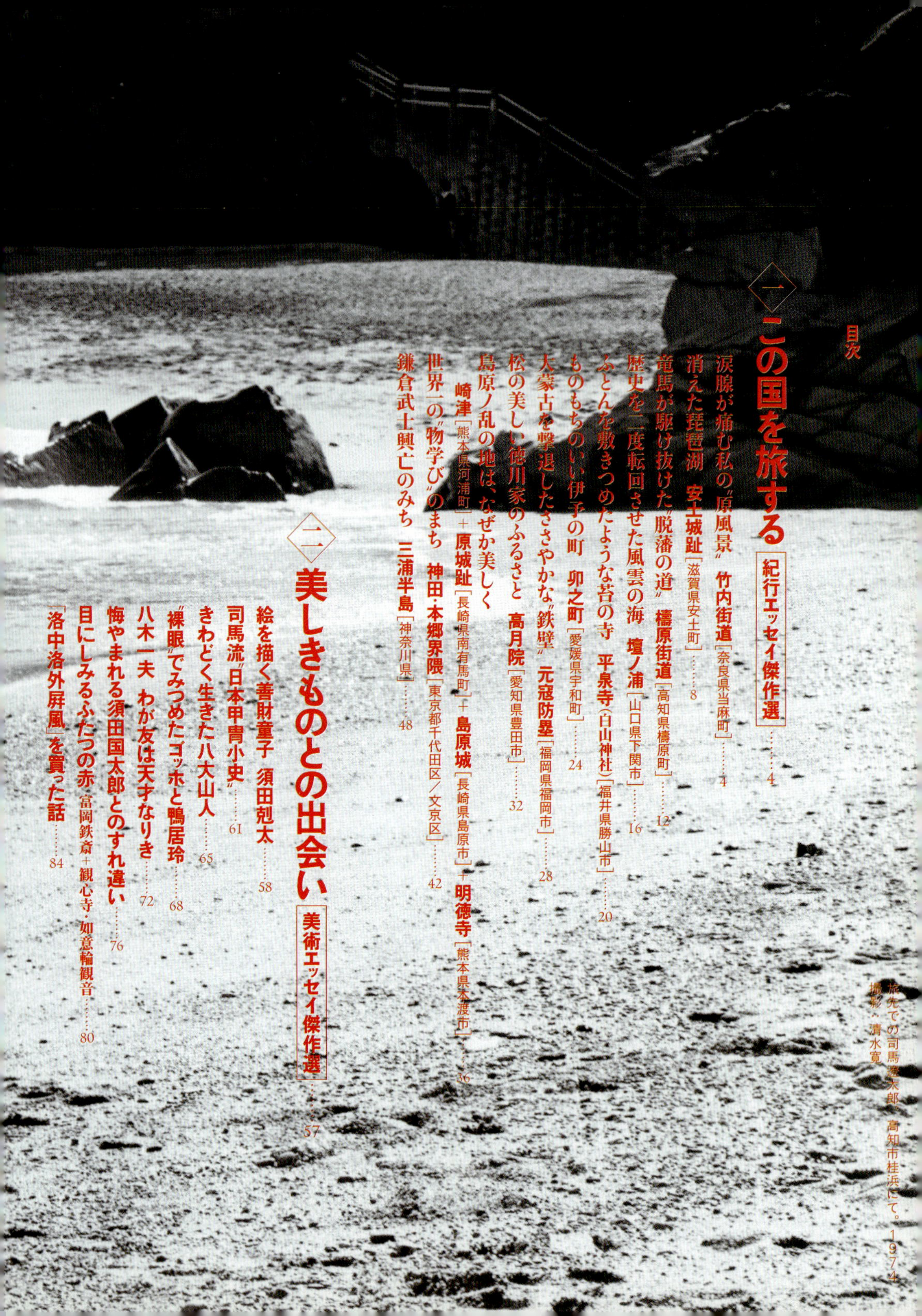

旅先での司馬遼太郎。高知市桂浜にて。1974
撮影・清水寛

一 この国を旅する

半世紀以上も地上を往来していて無数の風景を見るにつれ、ごく心理的な意味で——無意識でのことだろうが——自分が感動する風景に基準のようなものがあることに気づく。……要するに奈良県北葛城郡当麻町竹ノ内の景色なのである。

涙腺が痛む私の〝原風景〟

竹内《たけのうち》街道［奈良県当麻町］

赤ん坊の頃、司馬遼太郎は、母親の実家があった奈良県当麻町の集落に預けられていた。西には大阪と奈良をへだてる葛城山脈が連なり、日本最古の官道「竹内街道」が貫く。街道に面して、〝なつかしい〟竹内の集落がある。
撮影：野中昭夫（～6頁）

［右］街道沿いの民家。昔から「竹内に貧農なし」といわれたのどかな家並みが続く。
［下］このカミの池より「海ちゅうのは、デライけ?」夏休みに遊びに来た司馬少年は、村の子どもからそうきかれた。

紀行エッセイの取材をはじめ、司馬遼太郎は数えきれないほど多くの旅を重ねた。その網膜に刻まれたあの地、この地を訪ねてゆけば、そこにはだれもがなつかしむ日本の「原風景」があった。司馬さんは、いわば風景の〝目利き〟だったのではないか。そんな彼を思わず〝私〟に帰らせてしまう風景、それが竹内の集落だった。

風景に原型などはない。が、半世紀以上も地上を往来していて無数の風景を見るにつれ、ごく心理的な意味で——無意識でのことだろうが——自分が感動する風景に基準のようなものがあることに気づく。

私の場合、火山が造った山河よりも、そうでないほうがいい。都市よりも田園がいい。田園は火山灰よりもよく光る腐食土がよく、一望の平野よりもけものが逃げかくれしやすい段丘の山麓がいい。眼前の山は高からぬほうがよく、その山の裳裾《もすそ》をなしてたたなづく丘陵は、赤松林であることが望ましい。眼前の山は鞍部の曲線を持ってくれたほうがよく、その鞍部へむかい、段丘の中に消えてゆく登り坂は、辰砂《しんしゃ》をおもわせるほどに鉄分をふくんだ赭土《あかつち》であることがのぞましい。

要するに奈良県北葛城郡当麻町竹ノ内の景色なのである。……

私の一つ上に兄がいたそうだが、うまれてほどなく死んだ。母親の乳がわるかったそうで、そのため私は

生後すぐこの当麻町の字《あざ》の一つである今市という平野の集落の仲川家にあずけられ、その家の刀自の乳をもらった。母親の実家は山麓の字である竹ノ内である。その中間に長尾という字が所在する。今市の字から街道を通って竹ノ内の字に移動させられたのは乳離れしてからだが、移動の途中、長尾を通る。長尾は街道に面し、その西端で小さな坂になり、坂をのぼると、竹ノ内の集落を望むことができる。……

段丘のかなたに、大きく南北に両翼をひろげたように、山脈が横たわっている。むかって左の翼は葛城山であり、右の翼は二上山である。その山脈のふもとには幾重にも丘陵がかさなり、赤松山と落葉樹の山が交互にあって、秋などは一方では落葉樹が色づき、一方では赤松がいよいよ赤く、また右の翼のふもとの赤松山の緑に当麻寺の塔がうずもれ、左の翼のふもとには丘陵のほかに古墳もかさなり、白壁の農家が小さく点在して、こう書いていても涙腺に痛みをおぼえるほどに懐しい。（「竹ノ内街道こそ」『芸術新潮』昭和五十一年十一月号）

「子供のころはこの日本最古の官道である竹ノ内街道でよく遊んで、そのころのことが忘れられない」という司馬さんが、まだ小学生だった昭和六～七年ごろのことを懐かしんで綴った文章にこんな話がある。

子供たちはカミの池を怖れていたが尊敬もしていた。なぜなら、これほど大きい池はちょっと近在になかったからである。

「海ちゅうのは、デライけ？」

と、なかまの子供たちからきかれたことがある。デライ、というのはドエライということで、大きいという意味であった。

私は、山のことや鳥や虫、または池のことになると村の子供たちの経験知識にはるかに及ばないが、しかし大阪からやってくるという立場上、村外の知識はかれらより多く持っていた。

「デライ」

と、断定すると、子供たちはうなずいてくれた。子供たちはさらに、

「カミの池よりデライけ」

ときいた。私は比較の表現に困り、

「むこうが見えん」

というと子供たちは大笑いし、そんなアホな池があるもんけ、と口々にののしり、私は大うそつきになってしまった。（「竹内街道」『街道をゆく　一』）

［太字、〈〉内は司馬遼太郎の著作より／以下同］

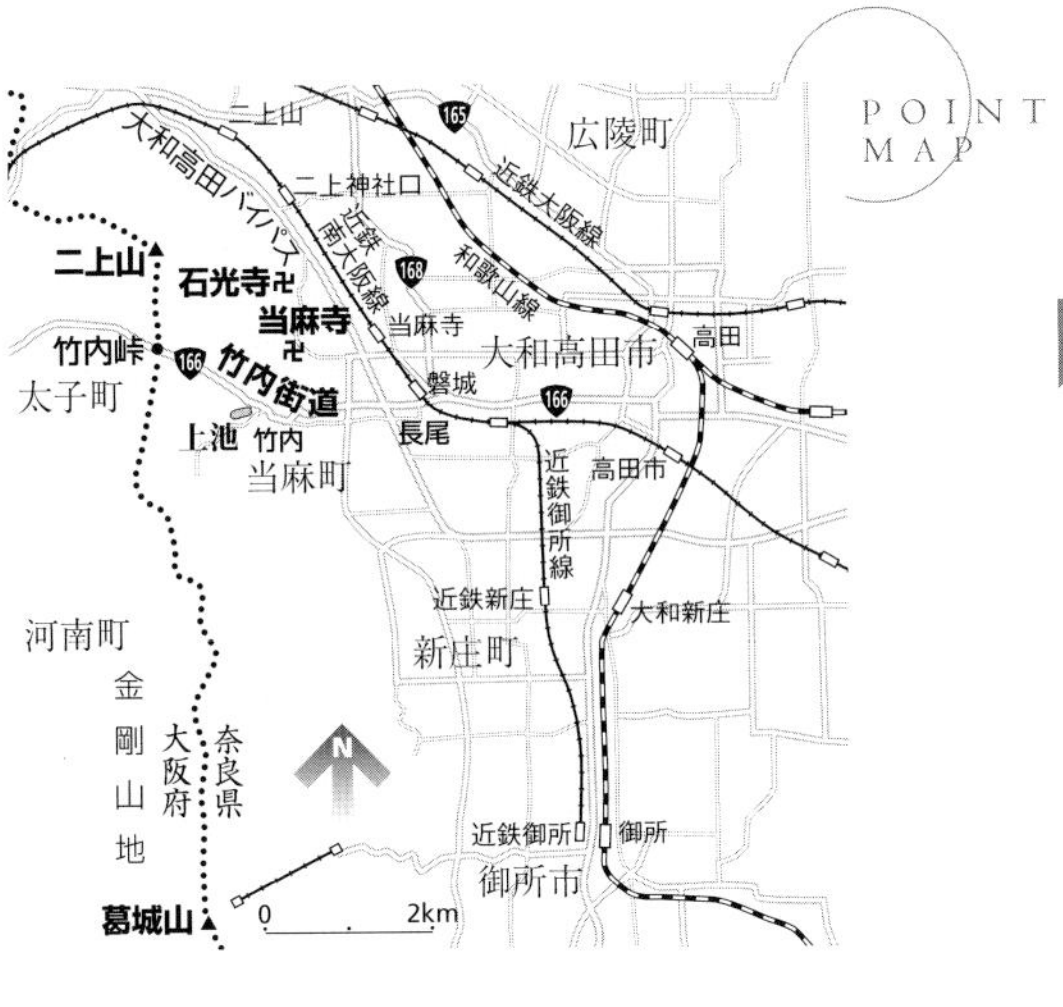

▣竹内街道探訪ガイド

住所▶奈良県北葛城郡当麻町竹内
鉄道▶近鉄南大阪線「磐城」駅下車、徒歩20分。
車▶西名阪自動車道「柏原」ICより国道165号大和高田バイパスから国道166号へ、または同「香芝」ICより国道168号から国道166号へ。
散歩▶国道166号線は大阪府と奈良県を隔てる二上山の鞍部を竹内峠で越える。峠の東側山麓が竹内集落。国道の南側に旧道が残り、昔ながらの大和棟の家々が続く佇まいが見られる。
情報▶當麻町役場産業課　☎0745-48-2811（代表）
http://www.pure.ne.jp/~taimacho/

消えた琵琶湖

安土城趾

［滋賀県安土町］

[右頁]安土城趾・大手門附近。天正4年(1576)の築城当時の石垣がそのまま残っている。

[左頁]天守台趾からの眺め。戦前までは眼下に琵琶湖がひろがっていたが、干拓により水田に。撮影：筒口直弘(8〜11頁)

「山頂では、夕陽が見られるでしょう」私は、つらい息の下で言った。が、のぼりつめて天守台趾に立つと、見わたすかぎり赤っぽい陸地になっていて、湖などどこにもなかった。やられた、とおもった。

『街道をゆく』は近江からはじまる。みずから〈中毒〉というほど、司馬遼太郎はこの土地にひかれていた。

「近江《おうみ》」

というこのあわあわとした国名を口ずさむだけでもう、私には詩がはじまっているほど、この国が好きである。京や大和がモダン墓地のようなコンクリートの風景にコチコチに固められつつあるいま、近江の国はなお、雨の日は雨のふるさとであり、粉雪の降る日は川や湖までが粉雪のふるさとであるよう、においをのこしている。（「湖西のみち」『街道をゆく　一』）

その近江へは、後にもう一度、こんどは湖東を旅している。途中、安土へもよった。

はじめて安土城趾の山にのぼったのは中学生のころで、記憶が一枚の水色の写真のように残っている。山が、ひろがってゆく水のなかにあった。

わずか標高一九九メートルの山ながら、登るのが苦しかった。麓からはことごとく赤ばんだ石段で、苔むした石塁のあいだをさまざまに曲折し、まわりの谷はみな密林だった。頭上にも木がしげり、空はわずかしか見えず、途中、木下隠《このしたがく》れの薄暗い台ごとに、秀吉や家康の屋敷趾とされる場所があった。

「山そのものが、信長公のご墳墓だ」

と、案内してくれた中腹の摠見《そうけん》寺の若い雲水がいったのをおぼえている。……

私はそのころから登りがにがてで、途中、何度か息を入れた。かれは、そのつど、たかだかと声をあげて、

「登れ。のぼると美しいものが見られるぞ」

と、追いたてた。

最高所の天守台趾にまでのぼりつめると、予想しなかったことに、目の前いっぱいに湖がひろがっていた。安土城は、ひろい野のきわまったところにあるため、大手門趾からの感じでは、この山の裏が湖であるなどは、あらかじめ想像していなかった。

古い地図でみると、山というより、岬なのである。琵琶湖の内湖である伊庭湖《いばこ》（大中《だいなか》の湖《こ》）にむかってつき出ている。この水景のうつくしさが、私の安土城についての基礎的なイメージになった。織田信長という人は、湖と野の境いの山上にいたのである。

こんども、安土城趾の山頂から、淡海《あわうみ》の小波《さざなみ》だつ青さを見るのを楽しみにして登った。……

「山頂では、夕陽が見られるでしょう」

私は、つらい息の下で言った。

[上]安土城趾にある織田信長の墓。
[左頁]天守台趾(約19m四方)に残る礎石。
築城当時は地下1階、地上6階、高さ45.45mの天守閣がそびえていた。

が、のぼりつめて天守台趾に立つと、見わたすかぎり赤っぽい陸地になっていて、湖などどこにもなかった。

やられた、とおもった。（「近江散歩」『街道をゆく　二十四』以下同）

記憶のなかのうつくしい水景は、司馬さんが再訪した昭和五十年代末にはもうなかった。戦後の食糧難時代に、国営事業としてはじまった琵琶湖の干拓は、昭和四十年代の「土地ブーム」によって拍車がかかり、農地として造成される。

海だけでなく、人の生命をやしなう内陸淡水湖まで干拓するとは〈信じがたいふるまい〉であると憤慨する司馬さんは、石段をくだりながら〈ひょっとすると琵琶湖は埋めたてられてしまうのではないか〉とおそれるのである。

城をおりて、干拓地の田畑を歩きながら、〈かつての日本の田園は、心なごませてくれたが、いまの近代農業の展開風景はひとびとを安らがせるというようなものではない。……工場用の建設用地がはるかにひろがっているといった感じである〉となげく。そして〈湖沼・河川は、人間のいのちと文化の中心〉であり、琵琶湖の保全については国民運動が起きてもおかしくない、とつよい調子で、環境破壊に対する危機感をつのらせるのだった。

「土木という怪物」によって、またひとつ、司馬さんのなかの「なつかしい風景」が消えた。〈日本の変化のはげしさにぼう然とする思いがある。〉

■安土城趾探訪ガイド

住所▶滋賀県蒲生郡安土町下豊浦
鉄道▶JR琵琶湖（東海道本）線「安土」駅下車徒歩25分。
車▶名神高速「竜王」IC、「八日市」ICより20～30分。
散歩▶天守台趾（標高199m）へは南西側の百々橋口道の石段から、摠見寺二王門、三重塔を経て二の丸、本丸趾へと登るのが一般的。下りは南側の大手道を利用するとよい。信長の死後、織田氏の没落と共に廃城となり、往時の建物は全く残っていないが、現在も発掘作業が続いている。
情報▶安土町役場地域振興課　☎0748-46-7201
http://www.azuchicho.org/

竜馬が駆け抜けた〃脱藩の道〃

檮原《ゆすはら》街道［高知県檮原町］

土佐の西北、伊予との国境いにほど近く、旧檮原街道は、深い谷の続く山道である。幕末には坂本竜馬、檮原出身の吉村虎太郎など多くの志士たちがここを抜けて脱藩した。現在は一部が農道などに利用される。この杉木立の脇の斜面には千枚田（14頁）が広がる。撮影：野中昭夫（〜15頁）

道路はしだいに高くなってゆく。ゆきすぎる地名をみても、山家《やまが》をおもわせるのである。姫野々《ひめのの》、栗ノ木、鍵野々《かぎのの》、杉ノ川、二つ家といったふうで、たとえば坂本竜馬の脱藩のときも、ここの村々を経た。経てゆく谷は、どれもじつに大きい。この谷々の大げさすぎるほどの大きさをみて、フランスからスペインに入るピレネー山脈でみた谷をおもいだした。

［右頁］高知県檮原町の神在居（かんざいこ）の千枚田。もとは平安初期に律令体制を逃れた浮浪人たちが築いたという。
［左頁］街道沿いにはわずか6畳ほどの〝茶堂〟が点在している。吹きさらしの内部には神棚のようなものがあって、石仏が祀られていた。

司馬遼太郎の紀行エッセイには、名人芸のような〝国褒め〟の文章が随所に出てくる。それが作家と〝縁の深い〟坂本竜馬が脱藩した道、土佐の檮原《ゆすはら》街道となれば、その肩入れにいちだんと力が入るのもうなずけるというもの。

檮原は、ほとんど桃源境ともいっていいような僻地でありながら、教養の伝統がある。……

それに、檮原の人情も言葉づかいもしっとりしていて、むしろ県の平野地方よりも上品な感じもうける。

いまひとつついえば、男も女も働き者が多い。従って「檮原の人」というだけで、相手がその典型である場合、紹介として要を得ている。

（「檮原街道（脱藩のみち）」『街道をゆく 二十七』以下同）

といった具合だ。奥深い山間の町、檮原は〈二十余年来、そこへゆきたいと思いつつ、果たさなかった〉司馬さんのあこがれの地だった。

幕末の土佐名物は、脱藩だった。脱藩者はほとんどは郷士またはそれ以下の層のひとびとだった。

かれらは、関所を脱け出て数歩でも伊予領に入ると、申しあわせたように、

「これからは、オラ・オマン（おれ・おまえ）でいこう」

と言いかわしたといわれる。……脱藩者にも、おなじ軽格・下士とよばれながら、こまかい身分規範で上下があり、その社会にいるときは、たがいをよぶよび方までちがっていたのである。

関所を破ったあとのこの申しあわせほど、土佐人の自由と平等へのあこがれを感動的にあらわしたことがらはない。

だが、理想を抱いてこの檮原街道を駆け抜けた土佐脱藩の志士たちは、坂本竜馬や檮原出の吉村虎太郎をはじめ、そのほとんどが非業の死を遂げた。司馬さんは、皮肉にもそうした悲運を招いた一因は、この脱藩にあったと指摘する。

かれらは、幕末のほとんどの事件現場で

屍をさらした。
その屍の上に明治維新があるのだが、革命の果実が新政権の大官になることとすれば、脱藩者のほとんどがそういう果実をえていない。
得る前に、死んだ。新選組にとっては、土佐人は斬り得《どく》だった。土佐藩は最後のぎりぎりまで佐幕だったからである。土佐の奔走家は藩の保護をうけなかった。当時の国内法として、藩邸はいわば治外法権で、幕吏が踏みこめなかった。坂本竜馬の場合も、かれが藩邸に起居していれば殺されることはなかった。
「土佐人の屍体は、薩摩のイモ畑のこやしになり、長州のミカン畑のこやしになった」とよくいわれる。**薩長に果実を食べさせた**、ということである。

　脱藩の道ともう一つ、檮原の地で彼が目を向けたのは、平安の初期から今に受け継がれる〝千枚田〟だった。千枚田は律令体制から逃亡してきた浮浪人たちが、新天地を求めて檮原という未開の地に辿りつき、築城するほどの土木作業のすえにようやく出来たものという。山の傾斜を掘り崩し、土を叩いて水平地を造る。さらに砕いた石で石垣を築き、土壌や水が流失しないようにする。水の底漏れを防ぐためには粘土を敷きつめて叩く。水は谷の底から汲み上げる――。
　司馬さんは、深い谷の斜面に広がる千枚田の造形を前に、息をのんで、ただ一言「この田、見ました」というのが精一杯だった。誰に礼を言うという相手がないまま、頭を下げざるを得なかった。風景を前に、そこに刻みつけられた先人の〝営み〟に思いをいたす――司馬さんならではの〝視線〟といえるのではないか。

■檮原街道探訪ガイド

住所▶高知県高岡郡檮原町
鉄道▶JR土讃線「須崎」駅からバスで70分（1日5便）、同「高知」駅からバスで150分（1日3便）。
車▶高知市から国道56号線で須崎を経由し、197号線に入る。高知から町の中心部まで約120分。
散歩▶バスで檮原に来ても、脱藩の道までは車で2時間以上かかるので、タクシーを雇うしかない。高知でレンタカーを借りるのが効率的。高知から国道33号、440号線経由で北から韮ヶ峠に回るのもよい。
情報▶檮原町役場商工観光係　☎0889-65-1250
http://www.nishi.or.jp/~yusuhara/

歴史を二度転回させた風雲の海

壇ノ浦 [山口県下関市]

この海峡で義経が平家の艦隊を全滅させ、長州藩が四カ国艦隊と戦い、幕長海戦のときには竜馬が高杉の艦隊に協力してユニオン号をもって幕府艦隊を牽制した。

［右頁］幕末、長州藩は関門（馬関）海峡の沿岸一帯に砲台を築き、外国船を砲撃。１８６４年９月、英米仏蘭の四カ国連合艦隊の反撃で、砲台は徹底的に破壊された。海岸沿いの小公園から、当時の青銅砲のレプリカが海を睨んでいた。

撮影：松藤庄平（16～19頁）

［左］江戸時代、下関には稲荷町という花街があった。各藩の志士達が飲み騒いだこの格式高い遊廓街も、今は町名の由来となった稲荷神社に名残りをとどめるのみ。

［下］壇ノ浦漁港ごしに関門橋を望む。海岸に張りつくように漁民の家が並ぶ。彼らの遠い祖先たちも、舟の漕ぎ手として義経の軍に加わったのか。

宿の裏はそのまま壇ノ浦の海になっている。部屋のそとにくろぐろとした潮が巻き、底鳴りしつつ走り、その最急潮のときのすさまじさはながめているだけで、当方の息づかいがあやしくなるほどである。

……

「手入れ要らずの庭です」

と、家つきのおかみさんがいう。庭とは、むろん海峡をさしている。まったくこれほどの庭はないであろう。このせまい水路をきれめなく往来する船々の色彩や形をながめているだけでいつのまにか日を暮れさせてしまい、下関での心づもりの場所をみる時間をうしなった。(「維新の起爆力・長州の遺恨」『歴史を紀行する』)

昭和四十年代のはじめ、長州を旅した司馬遼太郎は、壇ノ浦の海べりの「岡崎」という宿に泊まっている。本州と九州を分かつ下関海峡(関門海峡)は、瀬戸内海側の周防《すおう》灘《なだ》から、日本海側の響灘《ひびきなだ》まで、長さ約二十五キロメートル。北九州市門司区の和布刈《めかり》と下関市壇ノ浦の間で最も狭隘となり、幅約七百メートル。このあたりの海は、古来、早鞆《はやとも》ノ瀬戸と呼ばれ、最高八ノット(時速約十五キロ)に達する急潮で知られる。日本の海景のなかで一番好きなのは、この海峡の激しい潮の流れだと司馬さんは言う。

このドラマティックな景観を持つ海は、日本史を劇的に転回させる大きな出来事の舞台となった。しかも二度も、である。

まずはいうまでもなく源平最後の合戦、壇ノ浦の戦。文治元年(一一八五)三月二十四日の夕刻、平家軍は、潮流を巧みに利用した源義経の作戦に敗れ、一門のほとんどは戦死・海没し滅亡する。この勝利によって関東武士団の覇権が確立し、中世の幕が上がった。壇ノ浦の海に面して建つ赤間神宮は、この戦いの際わずか八歳で亡くなった安徳天皇を祀り、境内には平家一門の墓と称する小さな石の墓標が並んでいる。

いまの赤間宮の建物や楼門(水天門)は以前にはなかった。昭和三十三年につくられた。「浪の下にも都のさぶらふぞ」と二位尼

（補注・平清盛の妻。安徳帝の祖母）が幼年の帝をなだめてともどもにしずんだことから、設計者は少年の霊をあざむくまいと思い、その宮を竜宮造りにしたのにちがいない。こういう優しさというのはわるくはない。

（「長州路」『街道をゆく　一』以下同）

はるかに下った幕末、この地は再び歴史の焦点の場の一つとなる。長州藩が攘夷から討幕へ方針を転換する契機となった元治元年（一八六四）の馬関《ばかん》戦争がそれであり、またその前後、下関の街は各藩の志士たちが行き交う社交場とも化していた。坂本竜馬の〈いま壇ノ浦の阿弥陀寺《あみだじ》（下関の町名）でいっぱいのんでいる。妓どもがあつまってきて大変だ。慎さんはやくやって来い〉という手紙を司馬さんは引き、呼びかけの相手である〝慎さん〟こと中岡慎太郎の方は、〈高杉（補注・晋作）のゆきつけの裏町の妓楼堺屋ででも飲んでいたのであろうか〉と推察する。

壇ノ浦には小さいながら漁港もあり、その〈あたりの漁夫が義経にやとわれて軍船を漕ぎ、義経にこの海峡の干満の状態をおしえた〉のではないかと、司馬さんは指摘する。さらに江戸時代には彼らの獲る魚を買い取る魚屋が、同時に料理屋となり〈阿弥陀寺町にならんでいて、これが、幕末の飲み屋街〉を形づくっていたのだとか。名もない漁師たちもまた、名もないままに、歴史の参加者なのであった。

［右頁］壇ノ浦の急潮。
［上］壇ノ浦の戦で入水した安徳天皇を祀る赤間神宮。幼帝を慰めるためか、竜宮城ふうの構えである。

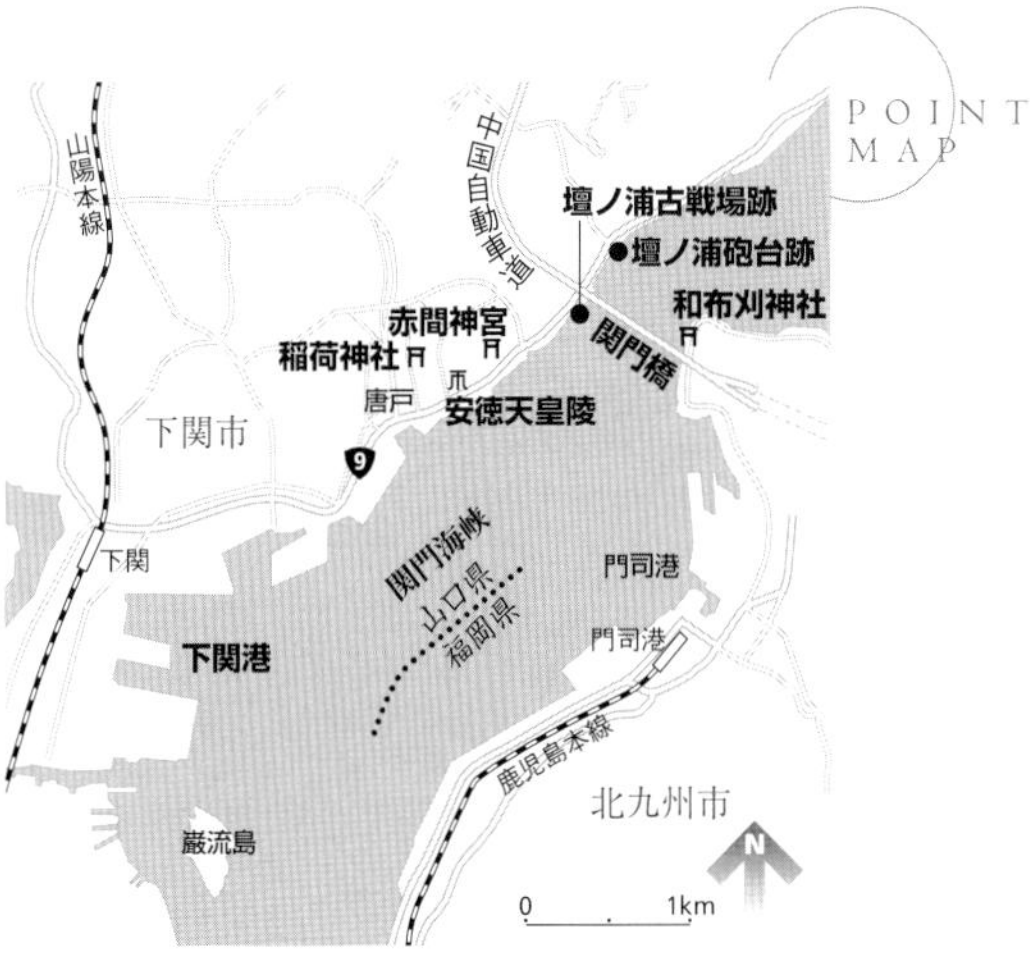

■壇ノ浦探訪ガイド

住所▶山口県下関市壇之浦町
鉄道▶山陽新幹線「小倉」駅経由、山陽本線「下関」下車。壇ノ浦、赤間神宮方面へは「長府」方面行きのバスを利用。
車▶中国自動車道「下関」ICより国道9号線に出る。
散歩▶源平合戦の壇ノ浦古戦場となったあたりでは、関門海峡の急流を目の当たりにできる。唐戸の町には、赤間神宮や、旧下関英国領事館、旧秋田商会ビル（現下関観光情報センター）など明治、大正期の洋館建築が保存されている。
情報▶下関市観光振興課　☎0832-31-1350
http://www.city.shimonoseki.yamaguchi.jp/

ふとんを敷きつめたような苔の寺

平泉寺（白山神社）［福井県勝山市］

〈春の雨の日など、終日ここで雨見をしていても倦きないのではないかと思われた〉。群をぬいてみごとな平泉寺の苔の規模と質を司馬さんは讃えた。杉木立に囲まれた境内［右頁］と苔むした石段［左頁］。撮影：筒口直弘（〜23頁）

さらにのぼると、林が広くなった。足もとは木ノ根と苔ばかりである。さらには、木洩れ日が一面の苔緑《こけみどり》をまだらに黄色く染めて、ぜんたいの色調が唐三彩のようでもあった。

平泉寺の菩提林はうつくしい。境内へとつづく参道をつつみこむようにして、自然に群生した二百数十本の老杉が、姿のいい梯形《ていけい》をなしている。

おそらくこの森が見えるかぎりの地域の村や町のひとびとにとって、ふるさとの象徴のような存在であろう。……が、菩提林の美しさには、聖と俗の痛烈なたたかいがあり、その内容も複雑であった。（「越前の諸道」『街道をゆく　十八』以下同）

平泉寺（明治以降白山神社）は、白山信仰で名高い霊峰白山を開いた八世紀の僧・泰澄の創建といい、越前側から白山へ登る入口（白山馬場）にあたる。

中世、平泉寺は悪僧の巣窟でもあった。

……

「平泉寺にゆけば食える」

というので、諸国から浮浪のひとびとがあつまって僧になったであろう。

叡山という〈政治的・経済的方面での大ボス〉の傘下にあったために、貴族たちから寄進された所領が多く、寺は富んでいた。だが、寺領の防衛や管理をおもにする僧たちの本質は〈寺院の暴力装置をささえるひとびと〉だったという。

当時の平泉寺は僧兵八千といわれ、つねに北陸路の武力騒動の一中心だった。そのころ山中に一大宗教都市が現出し、社《やしろ》や堂、院坊をあわせると、その建物の数は、三千とも六千ともいわれた。……

平泉寺の法師どもにとって、その領内の農民とは、救うべき存在ではなく、搾りあげるべき奴隷であり、かつ不浄の者たちであった。上代の律令社会そのままに、農民を、奴《やっこ》としてあつかい、夫役《ぶやく》と称して、無報酬の労働にこきつかった。

〈魔物〉のような衆徒の非道にたいして、天正二年（一五七四）、農民たちは怒りを爆発させた。加賀で起こった一向一揆が、越前にも飛び火したのである。

二カ月にわたり、一揆方と僧兵とははげしい戦いをくりひろげた。そしてある夜、農民たちは決死隊七百人をえらび、寺に焼き討ちをかける。

〈かれらは間道をつたい、平泉寺の背後にまわり、林間を奔《はし》りくるって放火し、六千坊を一夜で灰にしてしまった。〉

衆徒らは四散し、平泉寺はほろんだ。農民たちのよろこびの大きさは、自分たちの砦があった村岡山《むらこやま》を「勝山」とあらためた。以後それを地名にしたことからもわかる。

「平泉寺」というのは、何のために日本の社会に存在したのであろう。仏教がここで深まったということもなく、学問が興った

[右頁]杉木立から木洩れ日落ちる平泉寺拝殿への参道。
[上]平泉寺の菩提林。この梯形に杉が群生した林のなかを、中世の敷石による参道がつらぬいている。

ということもなく、人民のくらしがよくなったということもない。単に暴力装置としてのみ存在したかに思われる。

平泉寺における〈聖と俗の痛烈なたたかい〉をかえりみて、司馬さんはむなしくそう思うのである。

往年の規模にくらべると〈岩と小石ほどに〉ちがっていたとはいえ、織田期から豊臣期にかけて、平泉寺は再興する。

復活した平泉寺のおもしろさは、往年のように暴力装置と重租で農民にのぞまず、自然保護で臨んだことである。

「菩提林に傷をつけるな」

という禁制をやかましく農民に守らせた。

それはべつのかたちで「聖と俗のたたかい」をくりかえすことにほかならなかったが、しかし、その「禁制」がなければ〈京都の苔寺の苔など、この境内にひろがる苔の規模と質からみれば、笑止なほど〉と司馬さんが讃えた苔の美も残らなかったにちがいない。

〈冬ぶとんを敷きつめたようにぶあつい苔〉でおおわれたひろい境内を歩きながら、司馬さんは、拝観料もとらず、観光化をこばみつづけるこの寺の姿勢には、「中世以来、千年かわっていない頑固さ」があると感じる。〈このことは、ただごとではない。〉

ゆるい勾配《こうばい》ながら、石段が組まれている。石をできるだけ自然のまるさのまま畳んだ石段で、両側を杉その他の木立が縁《ふち》どっている。春の雨の日など、終日ここで雨見をしていても倦きないのではないかと思われた。

POINT MAP

▣平泉寺白山神社探訪ガイド

住所▶福井県勝山市平泉寺町
鉄道▶JR北陸本線「福井」駅より京福電鉄越前本線「勝山」駅下車、大矢谷方面行きバスで25分、「平泉寺神社前」下車（1日4便）。
車▶北陸自動車道「福井北」ICより約40分。東海北陸自動車道「白鳥西」ICより約80分。
散歩▶養老元年（717）に開山され、源平時代は隆盛を極めたが、天正年間に一向一揆に破れて全焼。明治の神仏分離以後は白山神社となった。
情報▶勝山市商工観光課　☎0779-88-1111（代表）
http://www.city.katsuyama.fukui.jp/

ものもちのいい伊予の町

卯《う》之《の》町《まち》［愛媛県宇和町］

机もイスも長く、二人掛けである。須田画伯はその一つにすわり、すわってから表情に驚きがひろがってきて、「私《わっち》のころと同じです」といった。

まるで〈小学校の博物館〉といった趣きで、ほとんど明治時代そのままの姿で保存される開明学校の2階教室。壁に並んだ掛図は、教科書が高価すぎて生徒一人一人に行き渡らない時代にあっては貴重な教材だった。掛図のコレクションとしては国内随一という。

［上］藩政期のおもかげをのこす旧宇和島街道、
卯之町の家並み。
［下］街道筋の露地を入ると、ナス3本に大根
2本を組み合わせた飾り瓦が顔を覗かす。

伊予人の気風は南にくだるにつれてのびやかになるといわれている。
大洲《おおず》の町をまわっているときも、私どものタクシーの運転手が、無線の送話器をとりあげて他の車をよびだし、

「私《あし》じゃ」

といってから、

「お城山で待っちょってやの（城山で待っていてくれ）」

といった。言葉のぐあいが、わけもなくおかしかった。

私どもは大洲を離れて、南下している。

とりあえず宇和町《うわちょう》の卯之町《うのまち》をめざしていたが、この宇和といい、卯之といい、地名の響きからして伊予は春霞のようにのどかである。（『南伊予・西土佐の道』『街道をゆく　十四』以下同）

　卯之町で司馬遼太郎が最初に訪ねたのは、二十年来の知人がたまたま待ち合わせ場所に指定した開明学校だった。明治十五年に新築された擬洋風の建物は、現存する西日本最古の小学校舎。中に入ってみた司馬さんは〈見るごとに脳が洗われてゆくような気がしてきた。明治初年の風景が、教材を通してひろがってゆくようでもあった〉と驚く。机に長イス、教壇と、明治期の様子そのままの教室が保存されており、「神ハ天地の主宰にして　人ハ　萬物の霊なり……親の兄弟を　伯父叔父といひ　親の姉妹を伯母叔母といふ」といった、当時の授業風景を彷彿とさせるような掛図までもが陳列されていたのだ。

　卯之町ではこの開明学校をはじめ、明治以降に建てられた小学校舎すべてが博物館などの形で保存・再利用されているという。

こうした〝学校思い〟の風儀が育ったのも、江戸末期を代表する蘭学者・二宮敬作がこの町に居たことと無縁ではないだろう。長崎でシーボルトに学んだ敬作は、中央での栄達におよそ無関心で、一介の開業医として卯之町に移り住んだ。貧民の治療にあたっては薬代に頓着することもなかったという。その師、シーボルトもよほど信頼を寄せていたらしく、離日する際には自分の娘・イネを敬作に託した。イネはこの町で彼から蘭学を学び、その後、日本初の女医となったのである。

拙作の『花神』に二宮敬作が出てくる。シーボルトの娘のイネ（伊篤）も出てくる。

「おイネさんが蘭学を学ぶために卯之町の二宮敬作のもとにやってくるのは安政元年ですから、おイネさんが見た卯之町仲之町といまのこの町並とはさほど変らないのではないでしょうか」

「シバさん」

須田画伯が画板を胸に当てて寄ってきた。

「ここは大変な町《ところ》です。京都だって奈良だってこんな一角がありますか」

目が、血走っている。

私は奈良市の町屋を思いうかべながら、やはり仲之町以外に遺っていないかもしれない、と思った。

明治15年に建てられた擬洋風の開明学校へと続く坂道。卯之町では明治期以降に建てられた学校の校舎をすべて保存している。
撮影：野中昭夫（24〜27頁）

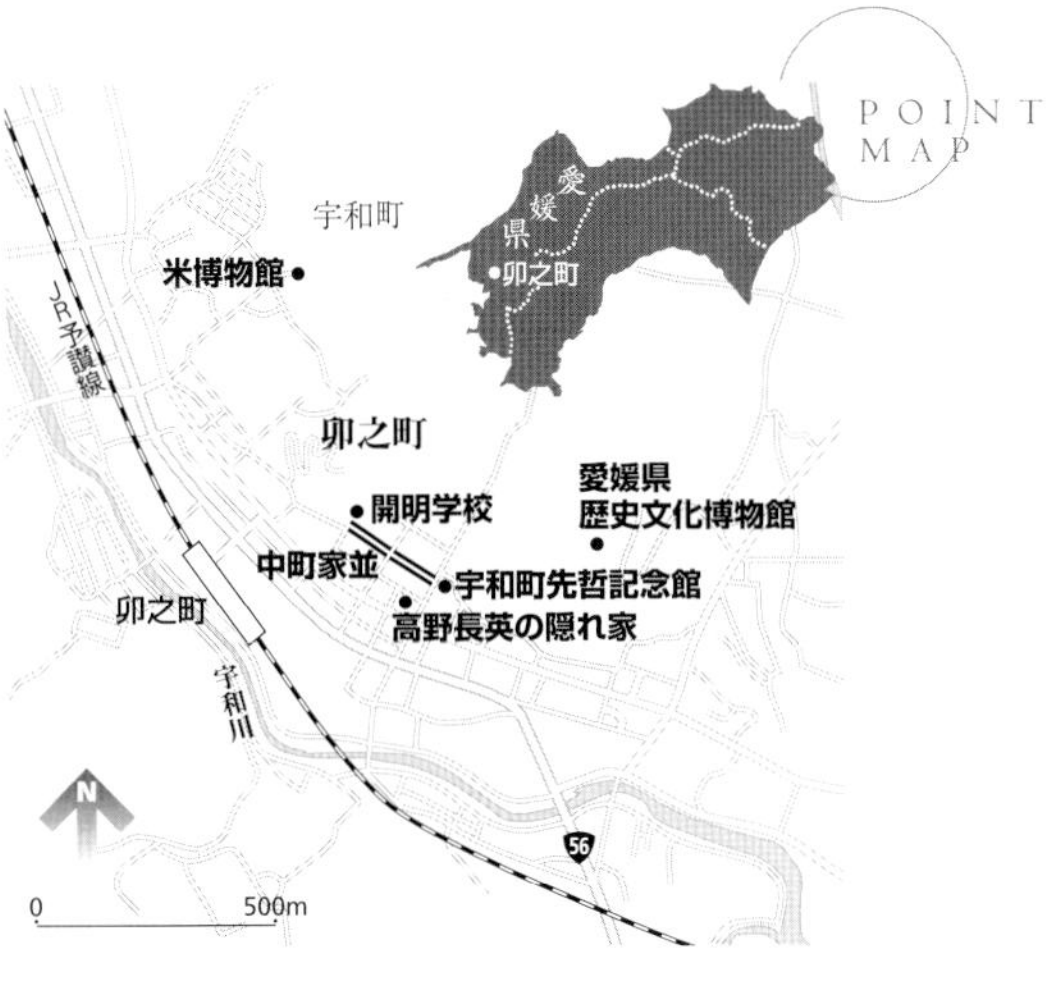

■卯之町探訪ガイド

住所▶愛媛県東宇和郡宇和町大字卯之町
鉄道▶JR予讃線「卯之町」駅下車。
車▶松山市から松山自動車道「大洲」IC経由、国道56号線で約60分。
散歩▶駅から歩いて5分ほどの中町には、江戸、明治期の建物が軒を連ねている。開明学校や宇和町民具館など主要な見どころもすべて徒歩圏。
情報▶宇和町文化の里振興課　☎0894-62-6700
http://www.islands.ne.jp/uwa/

大蒙古を撃退したささやかな〝鉄壁〟

元寇防塁［福岡県福岡市］

今津の松原に復元された元寇防塁。博多湾岸に20kmにわたって築かれた石塁も、700年の歳月の間に砂に埋まり、開発で破壊され、現在はここ今津ほか数カ所に、わずかに痕跡を残すのみ。撮影：松藤庄平（〜30頁）

たかが二メートルの変哲もない石塁を築いて世界帝国の侵略軍をふせごうとしたというのはまことに質朴《しつぼく》というほかない。

［上］今津の浜辺から博多湾を望む。この海を14万の蒙古軍を乗せた、数千の軍船が埋めた。
［下］今津の松原の砂浜は、土手のように盛り上がっている。高さおよそ2ｍほどの防塁が埋まっているのだ。石塁として積まれた大きな石が、そこここに、頭を出していた。

文永十一年（一二七四）十月二十日朝、先に対馬を劫略した蒙古軍が、ついに九州本土、博多湾岸に上陸した。浜辺は、たちまちにして元軍による鎌倉武士たちの殺戮の場と化したのであった。

元軍は城楼のような大船九百隻でもって博多湾をうずめている。上陸軍は二万人であった。迎え討った九州の武士たちは、せいぜい一万騎足らずであったであろう。（「蒙古塚・唐津」『街道をゆく　十一』以下同）

この第一次蒙古襲来が、どうやら破滅的事態にならずに済んだのは、元軍の指揮官たちが内部対立の末に撤退を決め、帰国途上の艦隊が台風に襲われたお陰である。元軍の圧倒的な軍事力に衝撃を受けた鎌倉幕府はその後、二度目の来寇に備え博多湾岸の二十キロメートルにわたり石塁を築造。元寇防塁である。現在、福岡市内の数カ所に痕跡が残り、今津の松原にはその一部が復元されている。司馬さんがここを訪れたのは、福岡から唐津、平戸を経て長崎にいたる旅の途中だった。

松原が、海にむかって登り勾配になって

いる理由がやがてわかった。元寇のころ、この松原の線いっぱいに、鎌倉武士たちの築いた防塁があったからであろう。防塁は、当時、石築地《いしつきじ》とよばれた。ぜんたいに二メートルぐらいの高さだったが、その後、土砂にうずもれ、標高四、五メートルの丘状をなすようになり、やがて……ひとびとの記憶から消滅したのである。

丘の上へ登りつめると、そこに地中の防塁が、二百メートルばかりの長さで、掘ってあらわにされていた。

「掘れば、この松原のどこにでもあります。……」

郷土史家の説明を受け、石塁を眺めながら、司馬さんはこうつぶやく。

たかが二メートルの変哲もない石塁を築いて世界帝国の侵略軍をふせごうとしたというのはまことに質朴というほかない。

司馬さんが〈変哲もない石塁〉と言う時、万里の長城のことを思い浮かべていたのだろうか。高度の版築《はんちく》、磚築《せんちく》技法を用い、高さ九メートル、長さ二千七百キロメートルに及ぶ万里の長城に比べれば確かにこの石塁は可愛らしいという他ない。

しかし第二次の元寇（弘安四年・一二八一）のときには、この防塁がじつによく役立った。元軍の上陸軍はことごとくこれにひっかかって内陸侵入をはばまれ、その日の戦闘が済むと船にもどらざるをえなかった。

かくて再びの台風が、海上の元軍を襲うことになる。

元寇防塁を見た司馬さんは、すぐ近くの蒙古塚と呼ばれる墳丘も訪れている。確証はないながら、元兵の墓と言い伝えられている塚だ。

今津あたりは、流れついた元兵の水死体で浜がうずまったという。……もし蒙古塚とすれば、北アジアの草原にうまれた青年も、朝鮮半島や、湖沼の多い江南の野からモンゴル人に強制されてやってきたひとびとの骨もむなしくそこにうずまっているにちがいない。

この〈たったひとりのフビライの意志と権力によって強行された〉二度にわたる日本侵略の企ては、結局、日漢朝蒙の四民族に合計十万からの死者を出し、誰にも何の益ももたらすことのないまま、終ったのである。

POINT MAP

■今津元寇防塁探訪ガイド

住所▶福岡市西区今津
鉄道▶JR筑肥線「今宿」駅からタクシーで約10分。
車▶西九州自動車道「今宿大塚」ICより国道202号線を経て今宿交差点を直進、今津方面へ。
散歩▶元寇防塁は今津のほか、今宿、生の松原、姪浜、西新、地行、箱崎の計7カ所が国史跡に指定されており、今津、生の松原、西新の3カ所が公開されている。
情報▶福岡市教育委員会文化財部文化財整備課
☎092-711-4783
http://bunkazai.city.fukuoka.jp/

松の美しい徳川家のふるさと

高月院［愛知県豊田市］

やがて前に峰がせまり、その峰を遠景にして平坦な稜線《りょうせん》がみえ、その一直線の稜線上に白練りのひくい塀と四脚門の山門がみえたとき、息をのむようなおもいがした。高月院である。

司馬さんが〈孤独な山僧に出会ったようだった〉と書いた高月院の山門。本堂は左手の林のなかにある。撮影：筒口直弘（～35頁）

徳川家康は死の床で、「家政の制度をあらためてはいけない。三河のころのままにせよ」といったという。

家康の先祖は三河国松平郷からはじまる。〈その山深い樹林に住むちいさな親分の家（ちゃんとした地侍ではなさそうである）〉のしきたりや名称が、子孫の家康が天下をとるにいたって日本国の制度になったことに、ある感慨をいだいていた司馬遼太郎は、では、その松平郷とはどんなところなのか、と三河へゆく。

松平（徳川）家の先祖は、時宗の遊行僧だった。室町時代、この地に流れてきたその徳阿弥という男は、当地の豪家だった松平太郎左衛門の屋敷に出入りするうち、ひとり娘に子を産ませてしまう。やむなく太郎左衛門は徳阿弥を婿にし、家督をつがせた。

司馬さんは、徳川家の先祖が〈決して名族の出というものではなく、漂泊の乞食坊主であったということが、日本歴史のもつえがたいロマンの一つ〉だという。（「忘れられた徳川家のふるさと」『歴史を紀行する』以下同）

その当時でも全国で五万や十万軒はあったにちがいないほどの、山間の小集落のぬしにすぎなかった松平氏が、家康の父・広忠（八代）のころには、三河半国をおさめる大名にまで成長した理由はなにか。

ひとつは、**歴代**がそろいもそろって**はたらき者**であったことだ。いま一つの**理由は、米のとれにくい**（想像だが）**山中の生活が、つねに平野進出**へのあこがれと**野望を充電させつづけた**ということもある。

「三河者一人のねうちは尾張者三人に匹敵する」といわれたくらい、兵士として三河衆は勇敢だった。その実力は、家康の時代に各地の戦場で実証された。

家康は、年若のころは信長ほどの天才的な戦略家ではなかったから、かれが三河以外の地で出生すれば、あるいは天下の五分ノ一もとれなかったかもしれない。

さらに、戦国の三河人のきわだった美質は、その〈律義さ〉であるという。

幼少の当主・家康を人質にとられていた松平家は、いわば今川家の保護国だった。今川のたたかいにかりだされる三河衆はつねに、敵の弾ふせぎであり、犠牲も大きい先鋒をつとめなければならなかった。そういう〈ある時期の英国のインド人に対するやりかたとそっくり〉な今川家の容赦のなさにたいして〈三河衆たちは、戦場で働きさえすればやがては当主を岡崎へ返してもらえるという希望で懸命に働いた〉のである。その愚直なまでの律義さと、戦場における錬磨とが〈徳川家興隆の基礎になってゆく〉と司馬さんは書くのだった。

やがて**その谷に入る**と、**蒼い天が急に狭く**なった。**道の左側に、**

「松平神社」

という石柱のある小さなお宮があり、……社頭の由緒書きに、「この神社は松平家の初代のころの館《やかた》あとである」という旨のことがかかれている。目測して千数百坪ほどの小さな境内で、これが徳阿弥とその二代目がすんでいた松平館とすれば、想像していたよりもいっそうに規模が小さく、三河松平家の出発点がいかに微弱なものであったかがわかる。

……

徳川三百年という日本史上最大の権力の淵源をたずねてゆけばついにこの山あいの千坪になるのである。

……

あとは、高月院である。

……この道は徳阿弥の菩提寺高月院でゆきどまりになるはずであり、やがてゆくほどに点々と老松が枝を張り、いかにもこの地名にふさわしい。……やがて前に峰がせまり、その峰を遠景にして平坦な稜線《りようせん》がみえ、その一直線の稜線上に白練りのひくい塀と四脚門の山門がみえたとき、息をのむようなおもいがした。高月院である。庵寺《あんでら》とおもわれるほどに小ぶりな寺だが、山寺というものの美しさをこれほどさりげなく湛《たた》えている寺もめずらしいのではないか。

門を入ると、歩くにつれて低い築地塀がつづく。よほどつづいたあとに石段があり、のぼりつめると、そこが本堂のある境内である。ここでも人影がない。われわれの足音で蟬がおどろいたのか、声がやんだ。

[上]三河松平家の菩提寺・高月院。
[右頁]境内にある「産湯井戸」。岡崎城で生れた家康の産湯のために、ここから水が運ばれたという。

POINT MAP

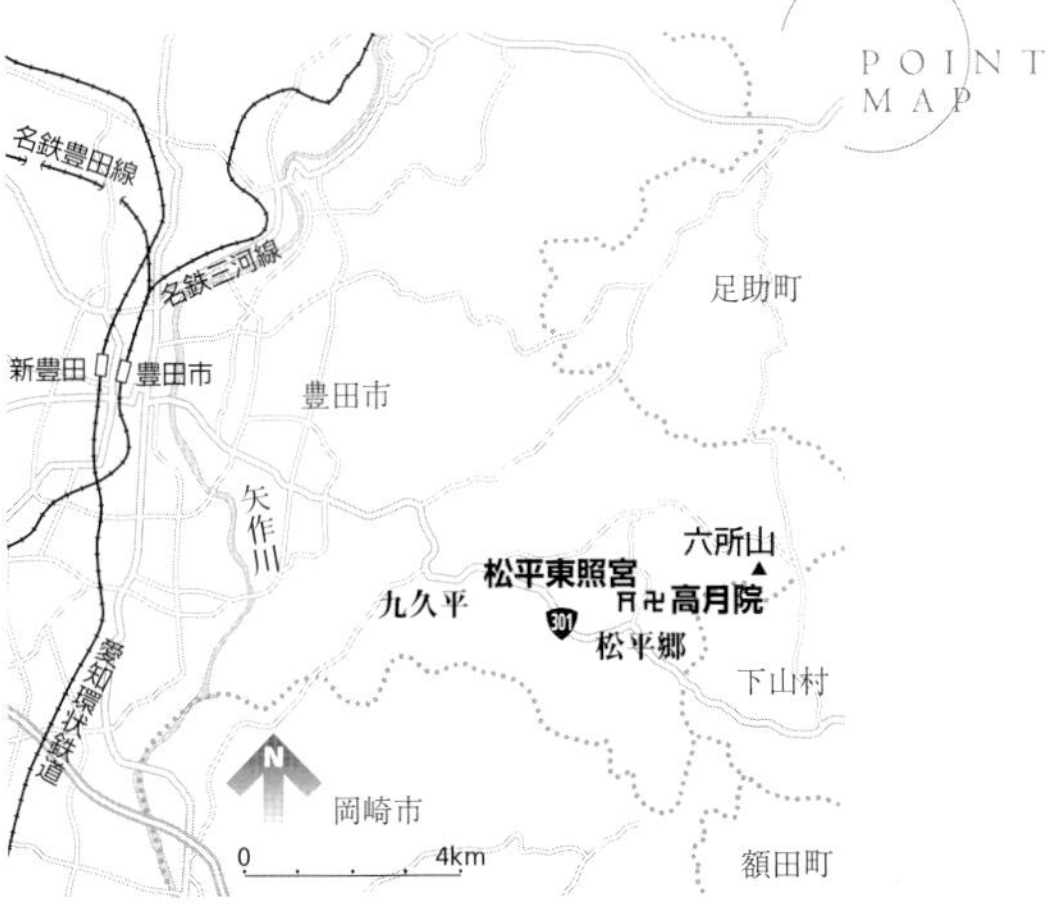

■高月院探訪ガイド

住所▶愛知県豊田市松平
鉄道▶名鉄豊田線「豊田市」駅下車、「中垣内」行きバスに乗換え20分「九久平」下車、ここからタクシーで7分。
車▶東名高速「豊田」ICより国道153号、301号線経由。同「岡崎」ICより国道248号、301号を経由。国道301号沿いに掲げた看板が目標。
散歩▶松平郷には松平氏ゆかりの史跡を巡る1周3kmほどの散策コースが整備されている。
情報▶豊田市観光協会 ☎0565-34-6642 http://www.citytoyota-kankou-jp.org

島原ノ乱の地は、なぜか美しく

教会の尖塔を囲むような佇まいの﨑津の町。島原の乱の後、切支丹たちはこの地に逃れて信仰を守った。のどかで美しい風景は「天国」を思わせる。撮影：松藤庄平(〜41頁)

天草が……妖しくもきらびやかな切支丹文化の象徴的存在として一挙に浮上するのは、明治四十二年、北原白秋の詩集『邪宗門』が刊行され……てからである。……天草諸島は若い白秋の詩によって……波羅葦僧《ハライソ》（白秋の当字。天国）のかがやきのような照明によって浮上した。

崎津［熊本県河浦町］

原城趾

［長崎県南有馬町］

長崎空港から諫早を経て、島原に入った司馬遼太郎は、その日の夕刻、市内の鉄砲町と呼ばれる一郭を訪れた。島原藩の下級武士の家が並んでいた区域で、現在も数百メートルにわたり、石塀や水路が江戸時代そのままに残っている。

むろん、それらは偶然残っているのではなく、文明とは秩序美であるということを頭と体で知っている住民たちの意思と犠牲によって懸命に残されているといっていい。

（『島原・天草の諸道』『街道をゆく　十七』以下同）

島原にはまた、城も残っている。水堀には蓮が葉をかさね、蔦がはう高石垣の上には、白亜の櫓、五層の天守閣がそびえる。この美しい城——島原城は、しかしまた、きわめて陰惨な影を帯びてもいる。

日本史のなかで、松倉重政という人物ほど忌《い》むべき存在はすくない。

といって、ばけものというほどの男でもなく、類型はわれわれのまわりにもいる。だが重政の場合、歴史の過熱点にまぎれこみ、その人間にふさわしく大鉞《おおまさかり》の柄をにぎったといえるだけかもしれず、それだけにかえって気味がわるい。……徳川家康に気に入られ……肥前高来郡《たかきごおり》（島原半島一円）の領主になり、その愚かな息子とともに島原ノ乱をひきおこす原因をつくるにいたる。

この松倉重政こそ、島原城の建設者である。山がちで耕地乏しく貧しい土地柄の島原で、しかも四万石の大名に過ぎぬ身で、この男は巨大な新城を築く。さらにはフィリピン遠征などという誇大妄想を抱いて膨大な武器を蓄え、幕府から江戸城建設の手伝いを命じられれば、十万石の大名と同じ負担をさせてくれと申し出る。〈自分をめだたせるためには何を仕出かすかわからない男〉で、〈本質的に政治家でなく、いまでいうやくざだったのだ〉と司馬さんは言う。

しかもこの地は切支丹大名・有馬家の旧領で、キリスト教信者が多かったため、それに対する弾圧が加わった。〈ここまで追いつめられれば、魚でも陸《おか》を駆けるのではないか〉という虐政のはて、島原の人々がついに一揆へと立ち上がるのは寛永十四年（一六三七）の十月のことだ。重政はすでに死に、松倉家という〈ごろつきの政権〉は〈愚かな息子〉勝家の代に替わっていた。

島原ノ乱には島原半島の人々だけでなく、同じように領主・寺沢家に苦しめられていた、天草諸島の住人たちも呼応した。島原、天草あわせて約三万の一揆勢は、大矢野島の少年・天草四郎時貞を盟主とし、島原半島の原城に立てこもる。原城は旧領主・有馬家の城で廃城となっていた。一揆勢はこ

［上］天草四郎に率いられた老若男女約3万の一揆勢がたてこもり、全滅した原城趾を海上から見る。正面わずかに高くなっているのが本丸跡。右手に低く二の丸、三の丸が続いていた。

こで十二万の幕府軍と戦い、三カ月の籠城の後、翌年二月、幕府側に内通していたただ一名を除き全員虐殺された。彼らの半分は、女性と子供だった。乱後、幕府は松倉勝家の責任を問い、切腹すら許さず、大名には異例の打首とした。島原ノ乱には殉教のイメージがあるが、実際には、苛政を原因とする農民一揆である。彼らの大部分は弾圧により、すでにひとたびは棄教していたのだ。ただ、結束を強め、自分たちの死を聖なるものとするために、乱が起こると再び切支丹に戻った。原城を訪れた司馬さんは、自らの気を静めるかのように、次のようにつぶやく。

かれらの死はローマに報告されることなく……正規に殉教として認定されることはなかった。……

かれらは、徳川政治史上、最大の極悪人で、その時代、たれにも弔われることがなかった。……

ともかくも原城の本丸趾から見る自然は海も山も天へ吹きぬけるように明るい。歴史の陰鬱さとおよそ裏腹な景色なのだが、あるいはこの城で死んだ霊たちが、自己の信仰を完結させて余薀《ようん》をとどめていないということの証拠なのかもしれない。

島原城
【長崎県島原市】

島原城の威容。四万石の大名としては破格に立派なこの城の築城も、島原・天草ノ乱の原因のひとつ。

POINT MAP

■島原・天草探訪ガイド

島原▶島原城は島原鉄道「島原」駅下車徒歩5分。鉄砲町は島原城から北に徒歩10分。原城趾へは同「原城」駅下車徒歩10分。車利用の場合は長崎自動車道「諫早」ICより国道57号を経て251号を南下。

天草▶車利用の場合、九州自動車道「松橋」ICより国道57、266号線で天草五橋を渡る。島原方面からは口之津—鬼池のフェリーを利用。他、各港にフェリー便あり。熊本—本渡には高速船も就航。天草—福岡（1日3便）、天草—熊本（1日1便）の航空便もあり。島原とあわせて周遊するなら、レンタカーとフェリーを利用するのが効率がよい。

情報▶島原市役所商工観光課 ☎0957-62-8019
http://www.city.shimabara.nagasaki.jp/
天草観光協会 ☎0969-22-2243 http://www.amakan.ne.jp/

やがて、その石段のところどころに、「十」といった形の十字架が刻まれていることに気づいた。……私どもは、自然に十字架を踏みにじりつつ降りていたわけであり、むろんそれを意図して、江戸初期の創建早々か、それ以後に刻まれたものにちがいない。切支丹禁制時代の凄味といっていい。

[右頁]明徳寺の石段に刻まれた十字架。磨滅が著しいが、それでもまだ7、8個の十字架が残っていた。
[左頁]「向陽山」の扁額がかかる、明徳寺の山門。

明徳寺

［熊本県本渡市］

島原の旅を終えた司馬遼太郎は、フェリーに乗り、天草にわたった。海と空と島々が織りなす天草の自然は、実に素晴しい。〈天草は、旅人を詩人にするらしい〉（「島原・天草の諸道」『街道をゆく　十七』以下同）と、その風光を讃える司馬さんは、この地も島原と同様にキリシタンが多く、弾圧の悲惨も共有しているのに、天草のイメージの方がぐっと明るいのは、天然の美もさることながら、まさにその詩人の力によるものでもあるのだと、指摘している。

明治期までの〈天草は、徳川幕府の暗い神話の霧にとざされた島々にすぎなかった〉と言い、その〈天草が……妖しくもきらびやかな切支丹文化の象徴的存在として一挙に浮上するのは、明治四十二年、北原白秋の詩集『邪宗門』が刊行され……てからである。……天草諸島は若い白秋の詩によって……波羅葦僧《ハライソ》（白秋の当字。天国）のかがやきのような照明によって浮上した〉とする。白秋の天草への旅は明治四十年で、与謝野鉄幹、木下杢太郎、吉井勇らといっしょだった。

天草について叙する司馬さんの筆は、島原の時よりはずっと軽やかだ。が、ただ一カ所、不快げな表情を見せた場所があった。天草諸島の中心都市・本渡《ほんど》市にある、明徳寺がそれである。〈寺が建てられたのは、島原ノ乱のあとのことである。天草諸島の切支丹宗徒が滅亡してから、幕府の代官、鈴木重成によって建てられた。島原ノ乱で三万の籠城農民が全滅したとはいえ、なお信仰が地下に潜って、幕府からみればいつ可燃性をたかめるかわからなかったために〉その予防策として新設された、一群の寺々のひとつが明徳寺だという。

明徳寺は、そのような歴史事情を背景とした、生いたちの特異な大寺のひとつである。

このためたたずまいや結構も……重厚で、解脱《げだつ》のための道場というよりも、俗権の威光をあらわしているようでもある。……

石段の途中でふたたび山門を見あげると、いよいよ豪壮な印象が増してくる。……

（これが、仏陀の慈悲をあらわす建物だろうか）

と、すこしこだわりを持った。

ここで驚くべきものを見つけてしまう。

やがて、その石段のところどころに……十字架が刻まれていることに気づいた。……気づいてみると、石段のあちこちに、散乱させたように刻まれている。私どもは、自然に十字架を踏みにじりつつ降りていたわけであり、むろんそれを意図して、江戸初期の創建早々か、それ以後に刻まれたものにちがいない。……

「この十字架を踏んで、明徳寺へのぼってゆくのですね」

と、須田画伯は、やや怖れのまじった表情でつぶやいた。

まことに、美しい土地の、恐ろしい歴史であった。

世界一の〝物学び〟のまち

神田・本郷界隈［東京都千代田区／文京区］

神田御茶ノ水駅からいえば聖橋のむこうの丘上六千坪ほどの域《いき》内が、江戸時代、日本における学問（とくに朱子学）の牙城であった……。

[右頁]神田神保町の「高山本店」。主人の高山富三男さんは20年前に司馬さんが買った本まで記憶しているという。
[上]御茶ノ水駅をまたぐ聖橋。もともと続いた台地だった湯島と神田駿河台を割って、江戸時代に濠が掘られた。
[右]ニコライ堂。孔子を祀る北の湯島台と、神田駿河台のニコライ堂を結ぶことから「聖橋」(上)の名がついたのだという。撮影：野中昭夫(42～47頁)

[右]神田明神の境内に建つ銭形平次の碑。
[左]神田明神脇の「男坂」の石段。かなり急な崖で、湯島が「山」であったことがよくわかる。この坂を下ったところが「神田明神下」で、かつては花街だった。

根っからの関西人で、終生大阪を離れることのなかった司馬遼太郎が、若い頃からなじんできた東京のまちがひとつあった。〈世界一の古書街〉こと神田神保町である。時代小説でデビューした司馬さんは、新しい作品にとりかかるたび、神田の古書店から大量に資料を取り寄せた。ことに高山本店とは長いつきあいだった。


店主の高山富三男《ふみお》さん……私は三十年来、この人の厄介になっている。

……古本屋さんというのは商品知識だけがいのちである。

たとえば、明治時代のなんという博士のどういう著作はどの程度の価値があって、世間にどれほどの冊数が流通しているかを知らねばならない。……

高山さんの専門である歴史関係の本だけでも、何万種類もある。この人はみな親類のように熟知している。……

POINT MAP

三遊亭円朝の人情話の舞台になった根津神社。かつては門前に遊郭があって、繁盛した。

[上]かつて坪内逍遥旧居・常盤会があった炭団坂上。現在は、日立本郷ビルが建っている。
[下]炭団坂。急な石段を下ると、樋口一葉の菊坂旧居に通じる。

[上]森鷗外の小説『雁』で有名になった無縁坂。
[下]「江戸総鎮守」と称し、歴代将軍の尊崇を受けた神田明神。

■神田・本郷界隈探訪ガイド

散歩▶都内は駐車場の確保が難しいので地下鉄利用が便利。地図を参考に、最寄の駅からぶらぶら歩いてみてください。詳細情報は下記まで。

情報▶千代田区役所商工振興課　☎03-3264-2111（代表）
http://www.city.chiyoda.tokyo.jp/
文京区役所区民部経済課観光担当　☎03-5803-1174
http://www.city.bunkyo.tokyo.jp/kanko/

かといって高山さんが何万点を精読したかというと、そんなぐあいでもない。……ともかくも、高山さんの頭がどうなっているのか、ふしぎなような気がする。私が電話でなにかの本を注文すると、ときに、「ああ、それはお持ちになっています」という。あわてて自分の書棚をみにゆくと、なるほど持っている。二十年前に高山さんから買ったものである。（「神田界隈」『街道をゆく　三十六』）

古書店だけではない。神田界隈は〈世界でも有数な（あるいは世界一の）物学びのまちといっていい〉と司馬さんはいう。江戸時代、神田川を隔てた湯島台に〈日本における学問（朱子学）の牙城〉だった聖堂があったことで、この地に学塾や書籍商がさかえた。維新後も、多くの私学（明治大学、法政大学、中央大学、日本大学、東京理科大学、共立女子大など）が神田から興った。

司馬さんはその理由について、〈明治の配電盤と関係があるのではないか〉という。

彼はまず明治時代の日本を〈西洋文明を受容する一個の内燃機関〉にたとえた。その内燃機関を動かすために、日本各地に電気を送る〈配電盤〉の役割を担ったのが東京大学である。明治末年に京都大学ができるまで、日本で唯一の配電盤として実によく作動した。その東京大学の前身のひとつ、幕府の洋学機関、開成所が神田一ツ橋にあった。神田はいわば東大の地元なのである。

自然、国力を傾けてつくられたこの巨大な配電盤は、地元の神田の私学に、いわば漏電するようにして〝新文明〟をこぼした。（「文明の配電盤」『この国のかたち　三』）

[上]東大構内の三四郎池。その名は漱石の小説にあやかったもの。
[中]本郷のクスノキ。周辺の風景は激変したが、超然と枝を伸ばす。
[下]本郷の東大界隈。大学の敷地は加賀前田家の上屋敷跡。

[上]本郷の麟祥院にある春日局の墓。局の遺言で、「死して後も天下の政道を見守り之を直していかれるよう黄泉から見通」すために墓石に穴をあけたという。
[中]炭団坂下、樋口一葉の菊坂旧居跡に残る共同井戸のポンプ。
[下]東大赤門。古くは加賀前田家の上屋敷の御守殿門であった。

東京大学は本郷に移ったが、その〈地縁〉から東京大学の教授が神田の私学に出張講義にきてくれ、〈私的に電流を流して〉もらうことができたのである。

神田の取材を終えた司馬さんは、本郷を歩きはじめた。本郷は明治時代、いちはやく欧米文明を受容し地方に発信する役割を果たした「配電盤」のまちとして、いきいきと描かれている。夏目漱石の『三四郎』の時代、〈ひきもきらずに電車が走っていた〉春日通りにたたずみ、森鷗外が住んでいた団子坂を上り、『雁』に出てくる無縁坂を散歩した。明治の文豪の匂いがそこかしこにあった。本郷真砂《まさご》町(現本郷一〜二、四丁目)の炭団坂《たどんざか》上では、坪内逍遙の旧居跡で、のちに正岡子規が住んだ寄宿舎・常盤会跡に建ったビルをながめ、坂下では〈明治にまぎれこんだよう〉な露地奥に樋口一葉旧居跡を見つけた。

司馬さんの本郷めぐりは、半年以上書きつづられ、三四郎池で終わる。

『三四郎』という小説は、配電盤にむかってお上《のぼ》りをし、配電盤の周囲をうろつきつつ、眩惑されたり、自分をうしないかけたりする物語である。

明治時代、東京が文明の配電盤だったという設定が理解できねば、なんのことだかわからない。

主題は青春というものではなく、東京(もしくは本郷)というものの幻妙さなのである。……

その意味で、明治の日本というものの文明論的な本質を、これほど鋭くおもしろく描いた小説はない。(「本郷界隈」『街道をゆく三十七』)

鶴岡八幡宮。八幡神は清和源氏の氏神であり、由比に代々信仰された古社があった。頼朝が現在の地に移した社は「若宮」と呼ばれた。

鎌倉武士 興亡のみち

三浦半島［神奈川県］

司馬遼太郎が三浦半島を訪れたのは、一九九五年の冬。亡くなる一年ほど前のことである。磯子のホテルから〈毎日勤め人のように〉半島に通い、海を眺めながら、〈武者どもの世〉に思いを馳せた。

相模国《さがみのくに》（神奈川県）の三浦半島は、まことに小さい。……

ところが、この半島から、十二世紀末、それまでの日本史を、鉄の槌とたがねでもって叩き割ったような鎌倉幕府が出現するのである。（「三浦半島記」『街道をゆく　四二』以下同）

その秘密は、〈半島のもつ玄妙さ〉にあると司馬さんは語る。関東の大地は〈海に尽き、尽きつつも三つの半島として〉並んでいる。伊豆半島に挙兵し、三浦の水軍をともなって、房総の豪族を傘下におさめた頼朝は、その拠点を三浦半島の鎌倉に置いた。〈三つの半島が関連しあって、旗揚げ早々の頼朝の基礎勢力を作った〉といっていい。

　ここに日本の中世の幕が切って落とされた。司馬さんは鎌倉武士の節義やいさぎよさにおおいに共感しつつも、〈中世は、洋の東西を問わず、激情の時代〉であり〈激しく憎み、感情にまかせて人を殺したり〉する時代であると言う。

鎌倉幕府の歴史は、血なまぐさい。武士という、京からみれば〝奴婢《ぬひ》〟のような階層の者が、思いもよらずに政権を得た。馴れぬこの政権に興奮し、結局は、他を排するために、つねに武力を用いた。

　幕府樹立後、北条氏と権勢を二分した三浦氏は、頼朝の死後、北条氏の策謀によって徹底的に討滅される。三浦氏は当時の関東武士団の例にもれず〈倫理に代わるべき廉恥という感覚を濃厚にもち、その生死はいかにもあざやかだった〉。北条氏との激しい戦いを繰り広げた末、負けを覚悟すると、一族で頼朝の墓所法華堂に集まった。

法華堂にあつまったのは……あわせて五百人だった。

……堂内の正面に頼朝の画像をかけ、べつに騒ぐことがなく、追憶談なども出て、おだやかだったという。時がきて五百余人がいっせいに腹を切った。

　それから八十六年後の元弘三年（一三三三）、新田義貞によって、鎌倉幕府は攻め滅ぼされる。ときの執権、北条高時は人望がなかった。それでも鎌倉方は奮戦した。ついに高時が葛西ヶ谷の東勝寺に籠もり、自害したとき、高時に従って、切腹した者は八七〇人ほどだったという。

戦前、雨あがりの路傍などで、人骨の小片がちらばっているのを見ることが多かったそうである。

鎌倉のころ、この市街で合戦がおわると、奇特《きどく》なたれかが大穴を掘り、敵の死屍を埋めた。しばしば深くはうずめなかった。このため、ときに骨が露出した。

頼朝の墓。かつて頼朝がひらいて住んでいた幕府の裏山、大倉山の中腹の50段ほどの石段を登ったところに、ひっそりと苔むしている。

鎌倉七切通のひとつ、大仏坂切通。周囲を山に囲まれた鎌倉への交通路として頼朝が開いた七つの道のひとつ。戦時には防御陣地としての機能も果たした。

鎌倉で語るべきものの第一は、武士たちの節義というものだろう。ついでかれらの死についてのいさぎよさといっていい。こればかりは、古今東西の歴史のなかできわだっている。が、それらは、博物館で見ることはできず、雨後、山道でも歩いて、碁石よりも小さなセピア色の細片でもみつけて感慨をもつ以外にない。

昭和二十八年に行なわれた東大の発掘調査で、このときの戦死者と思われる骨が材木座からみつかった。わずか六十坪の土地から九一〇体の骨が発掘されたという。

鎌倉で語るべきものの第一は、武士たちの節義というものだろう。ついでかれらの死についてのいさぎよさといっていい。これればかりは、古今東西の歴史のなかできわだっている。

が、それらは、博物館で見ることはできず、雨後、山道でも歩いて、碁石よりも小さなセピア色の細片でもみつけて感慨をもつ以外にない。

[右]三浦の海。伊豆と三浦、房総の3つの半島は、海路を通じて互いに連携し、頼朝が蜂起する基盤となった。撮影：松藤庄平(48〜52頁)
[左]鎌倉・材木座から発掘された人骨。新田義貞の鎌倉攻めの折の戦死者だと推定されている。東京大学総合研究博物館　撮影：野中昭夫

▣三浦半島探訪ガイド

鉄道▶鎌倉へはJR横須賀線「鎌倉」駅下車。周辺部は江ノ島電鉄利用。三浦半島へはJR横須賀線、あるいは京浜急行線を利用する。

車▶横浜から横浜横須賀道路利用。鎌倉へは「朝比奈」ICで下りて西へ。三浦半島へはそのまま横浜横須賀道路を南進する。

散歩▶鎌倉郊外へは江ノ島電鉄を利用するのが便利で楽しい。鶴岡八幡宮から由比ヶ浜まで、若宮大路を歩いてみるのも一興。

情報▶鎌倉市役所観光課　☎0467-23-3000（代表）

http://www.city.kamakura.kanagawa.jp/

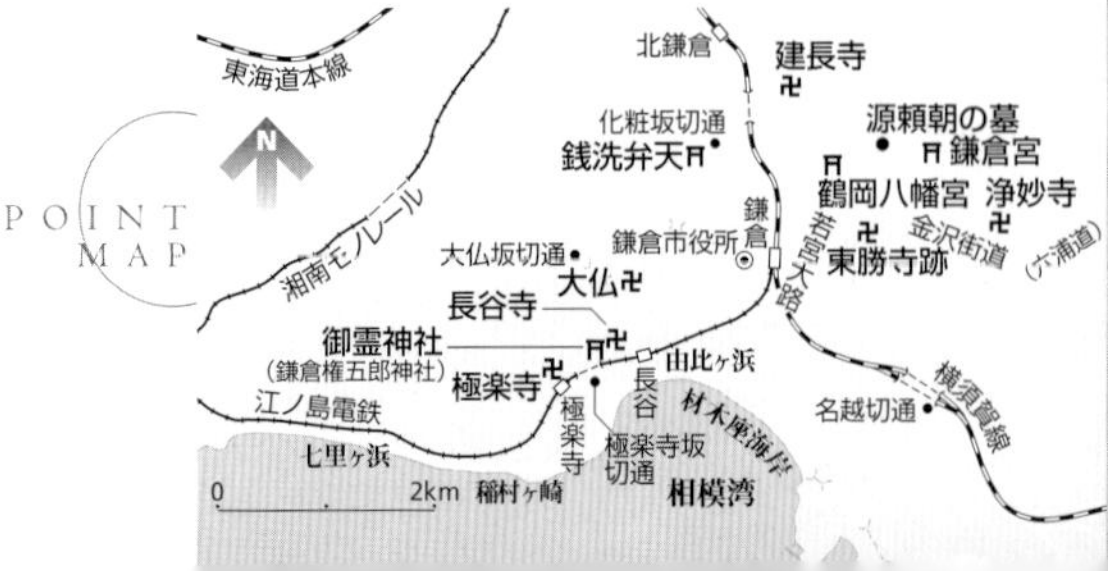

タイトルは「美の脇役」や！

井上博道
［いのうえ・ひろみち　日本写真家協会会員］

龍谷大学の学生時代、私は買ったばかりのカメラを手に、西本願寺発行の新聞や雑誌の編集部でアルバイトをしていた。とりわけ、月刊誌『大乗』の編集長・青木幸次郎さんには可愛がって頂いた。同じ頃、産経新聞京都支局の福田定一さんという若い新聞記者が、西本願寺の記者クラブによく顔を出しておられた。この福田さんがつまり後の作家・司馬遼太郎で、青木さんとは親友の間柄だった。私が司馬さんと知り合ったのも、そもそもは青木さんの紹介であった。昭和二十六年頃のことだったと記憶している。

写真を始めたばかりの私にとって、本願寺は最高のフィールドで、荘厳な伽藍のあちらこちらを自由に撮影し歩き、疲れると国宝の黒書院で、狩野探幽の襖絵を眺めながら昼寝することに決めていた。まだまだのんびりした時代で、司馬さんもよく、記者クラブの洋風の長椅子でごろ寝をしておられた。新聞記者というのはずいぶん呑気なものだと思った記憶がある。胡麻塩頭で、眼鏡ごしの眼がいつも笑っているような司馬さん、大柄な体格の青木さん。ときどきはこの二人が一緒に、私の撮った写真を眺め大笑いしながら、論評を加えて下さることがあって、恥ずかしくも嬉しかった。やがて司馬さん

[前頁]『美の脇役』(産経新聞社編　1961年　淡交新社刊)より
東大寺戒壇院持国天の邪鬼。
[上]二条陣屋の防音障子。／[下]唐招提寺千手観音の「どくろ」。
この3点は、司馬さんが筆者に特に撮影を勧めたもの。撮影：井上博道(53～55頁)
[左頁]西本願寺に残る司馬遼太郎愛用の長椅子。

は、産経新聞大阪本社に転属され、記者クラブの愛用の長椅子も淋しくなった。数年前、この椅子が本願寺の物置から発見され、本願寺の宝として永久保存される旨、TVニュースで報じられていた。

私は但馬の禅寺に生れ、本来は寺をつぐ運命だったが、どうしても写真と離れがたく、存分に写真が写せるのは新聞社だろうと、大学卒業の翌年に産経新聞の写真部を受験、なんとか採用にこぎつけた。早速、文化部の次長になられていた司馬さんに報告し、身元保証人になって頂いた。司馬さんと再び出会ってからは、司馬さんが作家となり直木賞を受賞され新聞社を辞めてからも、ずっと変わらぬお付き合いが続いたのである。

司馬さんのことで印象的なのは、なんと言ってもその話術のたくみさだろうか。満州の関東軍の戦車隊で、司馬さんと同じ戦車に乗っておられた作家で友人の石浜恒夫さんが語られるに、同隊では夜になると学徒動員兵が多い気楽さもあって、司馬さんを囲み、どこからどこまでが本当なのか判らないそのお話に聞きほれたものだという。私も、それこそテープレコーダーで録音しておきたいような面白い話をずいぶん聞かされた。「鉄砲、大砲無しの戦争なら、私に参謀をさせれば絶対勝ってみせる」などと冗談でよく言っておられた。

取材にご一緒する機会も幾度かあったが、膨大な史料と緻密な考察にもとづき、現場の風景のうえに歴史の世界を引き寄せてしまうその解説ぶりは、失礼ながら凄腕のマジシャンの手管を見るかのようだった。司馬さんが作家になられてからの話だが、韓国への取材旅行に同行して、秀吉の朝鮮出兵のとき、日本軍の兵站基地になった倭館村という場所を訪れたことがある。小高い丘に登った司馬さんは、「もし僕がここに兵站基地を造るとしたら、こちらの入江には舟着場を、あの山には見張りの砦を置き、この赤土の道を押さえて云々」といつもの調子でやり始め、周囲はみな半信半疑で聞いていた。ところが通訳が土地の人に確認してみると、ことごとく司馬さんが話した内容と符合していて、なるほど作戦参謀そのものだと、ただただ感じ入るのみであった。

私は産経新聞に十年ほど勤めた後、昭和四十一年に、フリーカメラマンとして再出発した。司馬さんはすでに昭和三十六年には作家活動が多忙となり、退社しておられたから、産経新聞にともども籍を置いていたのはわずか五、六年に過ぎないが、この間、司馬さんとの仕事で特に思い出に残るものとして「美の脇役」という連載がある。

私が入社してから三年目の頃だった。連日の報道取材で酷使されていた私を可哀相に思われてか、司馬さんが急にこんなこ

新聞記者・福田定一として。
1961頃　司馬遼太郎記念財団

とを言いだした。「井上君、ちょっと考えてみたんやが、文化欄の方で、写真の連載やらへんか。タイトルは『美の脇役』や。例えば四天王の足の下に踏みつけられとる邪鬼や。なっ、感じ判るやろ」。判ります判りますという私に向かって、しばらく司馬さんの美学論が続き、学生時代に私が写していた、京都や奈良の寺々の話になった。こうして始まった連載は、写真は私、毎回のテーマについて解説のエッセイが付くという形式で、執筆者の学者や作家の方々は、多くは司馬さんの多彩な人脈の中から紹介して頂いた。最初のうちはここを撮れ、あそこを撮れと、司馬さんの指示があり、入稿に際しては、写真、原稿とも入念なチェックをされた。きっと心配だったのだろう、何度か撮影に同行もして下さった。奈良のどこかの寺（唐招提寺？ 薬師寺？）で、三脚を担いだ司馬さんの後ろ姿をスナップしたのを覚えている。

「美の脇役」は幸い読者にも非常に好評、三年を過ぎ百回を越えたところで同じタイトルで単行本に纏められ、淡交社から出版された。今から見れば未熟で恥ずかしいところが多いのだが、私にとってはこれが初めての本である。その後、フリーのカメラマンとなった私が、仕事上の悩みがあって「東京に出たい」などと司馬さんに相談したときには、「君が奈良、京都を離れ、東京に出て何ができるか」と諭され二の句がつげなかったことがある。「ヴラマンクのような写真を撮れ」「三岸節子の油彩の日本人ばなれした色彩感覚に学べ」そんなことも仰っておられた。司馬さんには、カメラマンとしての自分の仕事の指針を与えてもらったという気がする。主役を理解するにも、まず周辺から眺め、想像力、空想力を働かせながら対象を見つめる、そうした眼力を養うことができたように思う。

以後も私は、『石との対話』『邪鬼の性《さが》』『羅漢』『不動の怒《いかり》』などで、いずれも人間の信仰と美の対照、脇役的でありながら、われわれの祖先が深く敬い続けてきた存在、そうしたものを追い求めてきたつもりである。茫々としてなにひとつ残っていない平城宮跡に立ち、天平時代の二十万都市を頭の中にまざまざと想像しながら撮影したこともある。東大寺では大仏殿内の高みから、大仏を中心にした俯瞰撮影を試みたが、このときには華厳思想とは何であるか、総国分寺・東大寺の存在理由とは何か、動物的感覚に近いかたちで感得することができた。みな「美の脇役」の延長線上にある仕事だと思っている。

司馬さんは以前、小学校の教科書用に、「二十一世紀に生きる君たちへ」という文章を書いている。現在を凝視し、過去を語り、人類という遺伝子が伝え発達させてきた、文化と科学に希望を託し、未来を生きる子供たちに、愛しむような言葉でバトンタッチをされていた。

夢のなかで、いやむしろ何千年か先のどこかの街角で、司馬さんとひょっこり逢えるのを楽しみにしている。

二 美しきものとの出会い

〈如意輪観音坐像〉部分（80〜83頁参照）

絵を描く善財童子
須田剋太

須田画伯とはじめてお会いしたのは『街道をゆく』の最初の旅（といっても日帰りであったが）で近江の朽木《くつき》街道に同行したときであった。

一九七〇年（昭和四十五年）の、もう冬にちかい晩秋だったように思う。……

冬近いとはいえ、近江路はよく晴れていた。花折峠をこえるとき、峠のあたりはまだ道が未舗装だったような記憶がある。

一九〇六年（明治三十九年）うまれの画家は、このときすでに六十四歳であるはずだったが、せいぜい四十前後にしか見えず、話しているうちに、溶けるようにしてただの書生になった。私は、画家より十七年も齢下であるのに、年齢のちがいを感じる隙間など、この出離の人かと思える人物とのあいだには、一瞬もなかった。まことに稀《け》有《う》な人と出会ってしまったような感じがした。

以後、このひとと旅をし、やがてそれが作品になってあらわれてくるという二重の愉しみにひきずられるようにして、旅をかさねるようになった。『街道をゆく』は私にとって義務ではなくなり、そのつど須田剋太という人格と作品に出会えるということのために、山襞《やまひだ》に入りこんだり、谷間を押しわけたり、寒村の軒のひさしの下に佇《たたず》んだりする旅をつづけてきた。いま、朽木街道をこのひとと共に行ったとき、自分がまだ四十七歳であったことにあらためておどろいている。（「出離といえるような」以下同）

『街道をゆく』を読むたのしさのひとつは、文中にしばしば登場する「須田さん」である。

みずから考案したという、ポケットのたくさんついた藍色のオーバーオールを身につけ、道元の思想にかたくななまでに傾倒したあげく〈中世の捨聖《すてひじり》〉めいた風貌をもち、ときおり、言葉をなげつけるような率直なものいいで風物をめでたかと思うと、一心不乱に路傍で絵を描いている。

そんな「須田さん」がでてくると、そこがどんな土地であっても、いっさいの俗塵が払われるような気がするからふしぎである。

第一回の「湖西のみち」いらい、一九九〇年に画家がなくなるまで、ふたりの旅はつづいた。司馬遼太郎は、このパートナーの、つねとはことなる挙措がもたらす〈おかしみ〉を深く愛していた。

埼玉に生れた須田剋太は、はやくから画家をめざし、美術学校を受験するが失敗、浦和の町で、ひとりで絵を描いていた。下着を洗うことも、ひげをそることもせず、気弱な自分をきたえるため、蛇をつかまえては焼いてたべたという。アスファルトの灰色に無上の「美」をみいだし、せめてそのかけらでもほしいと、つるはしで道路をけずりとろうとして巡査につかまったのもそのころである。

同時代の画学生が、東京で群れて、……フォーヴィズムを論じたり、あるいはパリであたらしい傾向の絵画論に熱中したりしているとき、わが画家にとって中山道のアスファルトが新鮮な美であったことを思うと、一種、感動のともなった悲しみを覚えざるをえない。

十九年間におよぶその修業時代をへて、画家は流れるように関西へむかった。

[右]司馬遼太郎えがく《須田剋太画伯の食後》。1982年『街道をゆく』で旅したポルトガルで取材ノートにスケッチしたパートナーの素顔。
[上]「近江散歩」取材中、スケッチする須田剋太。1983年12月
撮影：長谷忠彦／提供：朝日新聞社

奈良に仮寓していたころ、東大寺の上司《かみつかさ》海雲氏が、大仏殿を半裸のすがたで物狂おしく写生していたこの人を見つけ、やがて親しくなった。

「善財《ぜんざい》童子をみたような思いがした」

という旨のことを、後年、上司氏はこの人について書いている。

善財童子とは、旅にでて五十五人の善知識とめぐりあうことによって教説を悟る、『華厳経』中の求道者である。

〈童子〉剋太は、はじめて大和三山をみたとき、「あの山はつくった山ですか」と問うたという。そのとほうもない無垢は、ながい漂泊時代のすえに、結婚して、夫人にやかましく〈日本の習慣〉を教えられても、かわることはなかった。

〈芸術や創造というものは、その人のなかの少年の感受性の部分が、外界から吹きこむ風のなかでつねにふるえている状態のなかから成されるものだ〉と信じていた司馬さんにとって、〈ほんものの少年の新鮮な目〉をもつ「須田さん」との旅は、かけがえのない経験だったはずである。風景も、人も、あらゆるものがかわっていくなかで、「須田さん」だけがかわらず、ひたすら「虚空に骨が鳴って宇宙の神韻を聴くような凄味」のある絵を描きつづけた。その姿は、ほとんど〈奇蹟〉のように、司馬さんの眼には映っていたのだろうと思う。

〈このひとと旅をし、やがてそれが作品になってあらわれてくるという二重の愉しみにひきずられるようにして、旅をかさねるようになった〉。須田剋太『街道をゆく』挿絵原画より、司馬＆須田のコンビが登場する《津野山神楽》[下]と《二月堂界隈》[上]。大阪府(2点とも)

畠山重忠奉納《赤糸威鎧 兜、大袖付》
平安末期 鎧の総高85・0 武蔵御嶽神社

司馬流"日本甲冑小史"

司馬遼太郎は甲冑の歴史を語るとき、機能的な変遷を追いながらも、その背後に流れる、甲冑をまとう武士たちの精神のありかたを、鮮やかに読み取っている。

甲冑が華やかな個性を主張し始めたのは、平安時代のこと。武士の台頭と軌を一にする。奈良、平安と続いた律令体制下、搾取される一方だった庶民のなかにも自ら開拓した土地を名目的に貴族・社寺に寄贈して、実質的な土地所有を行う人々が現れる。それが武士である。平安時代を通じての彼らの営々とした土地獲得の努力が、ついには律令体制を崩壊させ、中世の幕を切って落とす。司馬さんは、この"初めて私権を勝ち取った庶民"である武士たちに共感を惜しまない。

勃興期の武士たちのうちでも上級の者が、戦場で身にまとったのが大鎧である。

平安時代の兜や鎧は、それまで（公地公民時代）のものとはまったく形態・色彩を異にし、かつ個々にも異をきそうようになった。単なる防禦用の目的を越えて華麗であったのは、懸命な"私"の表現だったからである。

かれらは戦場でいちいち名乗りをあげるようになったのだが、それは自分は他とちがうということでの叫びであった。

なにがちがうかといえば潔《いさぎよ》さがちがっていた。

所領への私的執着という泥くさいものを、潔さという気体のような倫理に転換させた。日本的倫理のふしぎさといっていい。

さらにその潔さを、甲冑の華やぎという造形的表現にも転換しているのである。執着をおさえこんでの名誉希求（潔さ）が、さらに変化して、甲冑でもっておのれの優美さを表現しようとしたのである。

猛《たけ》くはあるがこれほどにわしは美しいぞ、ということの自己表現であった。

潔さの究極の表現が、戦場での死だった。華麗な甲冑は、自分の死を飾るものでもあった。（エッセイ「甲冑」以下同）

61頁の《赤糸威鎧《あかいとおどしよろい》》は典型的な鎌倉武士として、平家物語などに登場する武蔵の大豪族・畠山重忠の奉納品である。中世武士の美学を映した、最も代表的な大鎧として知られ、国宝に指定されている。

平安時代から鎌倉時代にかけてのこのような武士のあり方は、しかし、思わぬ形で終幕を迎えることとなった。

その形式が、鎌倉末期に日本を襲った外《がい》寇《こう》（蒙古襲来）によってくだかれた。

平安以来の甲冑は、武士の〝私〟の強調であったために、戦法と不離一体のものだった。

戦いにのぞんで〝私〟の叫びとしての名乗りをながながとあげるのである。

戦いの開始がこんにちの大相撲のように儀式化されていて、鳴りわたる鏑矢《かぶらや》を双方から射て、合図とした。

ついで、たがいに名だたる一騎が進み出て、堂々の一騎打《いっきう》ちをする。あとは入り乱れるが、一騎打ちまでは重要な儀式だった。

……文永十一年（一二七四年）十月二十日、博多湾の浜辺に蒙古大軍が上陸し、九州武士団が迎え撃った。

日本側の総大将は、二十九歳の少弐景資《かげすけ》であった。かれは型どおり、手のまわりの者十二、三人だけをひきい、しずしずと進み出、名乗りあげ、敵の名だたる一騎が進み出てくるのを待った。

箭合《やあはせ》ノ為トテ小鏑《こかぶら》ヲ射出《いいだし》タリシニ、蒙古一度ニドツト咲《わらひ》、太鼓ヲタヽキ、ドラヲ打《うち》テ時《とき》（鯨波）作ルオビタヾシサニ、日本馬共《ども》、驚躍シテ刎《は》ネ狂フ……（『八幡愚童訓』）

前線の各方面で、日本側がこの形式をとるのだが、先方はむろん応じなかった。それどころか、進み出た騎馬武者をおおぜいでとりかこんで押しつぶした。

蒙古軍は、密集戦法であった。進退のときはやかましく太鼓をたたき、銅鑼《どら》を打ち、

殺せばよい――戦争のリアリズムが甲冑を変えた。
［下］《朱漆叩塗仏二枚胴具足》　安土桃山時代　胴高38.8　笹間良彦蔵
［左頁右］《煉革紺糸素懸威最上腹巻》　戦国中期　胴高30.6　笹間良彦蔵
［左頁左］《仏二枚胴具足》　江戸初期　胴高36.4　笹間良彦蔵　撮影：松藤庄平（3点とも）

あまつさえ「てつはう」(鉄炮)という大型の手榴弾(震天雷)を投げ、轟音をあげて破裂させた。ユーラシア大陸の思想が、博多湾岸に、戦法のかたちをとってあらわれたのである。

この経験が、その後、日本の戦法を変化させた。儀式は、ほろんだ。

元寇ショックによる集団戦法への移行、それに伴う足軽の出現で、甲冑は大きく変わったと司馬さんはいう。

南北朝時代、足軽が出現し、敵を殺せばよいというリアリズムがふつうになった。その思想の一表現として、槍が登場した。

それまでの鎧は小札《こざね》(鉄の薄板)を縅《おど》してつづりあわせたものだけに、槍には弱かったのである。

……代って具足《ぐそく》が登場した。

62〜64頁に掲げるのが、こうして大鎧がすたれた後に現れる具足の例だ。上右の《最《も》上《がみ》腹巻》がこの四点のうちでは最も古く、戦国時代、大永年間(一五二一〜二八)頃のもの。鉄砲の伝来(一五四三)後はさらに、大ぶりの鉄板で胴をおおった具足が登場した。右頁は加賀・前田家の足軽組頭クラス用、上左は丹波・小出家の足軽用である。いずれも御貸《おかし》具足と呼ばれ、大名が数十領、数百領単位で一括制作・保管し、戦時に足軽たちに貸し出す。

簡単、粗末で、機能一点張りのこの二点に比べて、ほぼ同じ頃の制作ながら、異様にデコラティヴな64頁の甲冑は、ではどのような精神の所産なのか。

戦国時代は、伊豆の大名北条早雲を範とする領国大名の時代である。

おなじ大名でも室町時代の守護は多分に租税をとって威張るだけの機能だったのが、領国大名はその領内の農民に対し、教師のような態度で世話をやく。日常の暮らし方から、農事のこと、あるいは物産の奨励まで手とり足取りして介抱した。

《金魚鱗小札二枚胴具足》
安土桃山〜江戸初期
胴高38・7　東京国立博物館

家臣団も変った。戦国のある時期までは国人《こくじん》や地侍という先祖代々の地所持ちの連合体だったのだが、やがて、俸禄じみた知《ち》行《ぎょう》制の組織になった、百石、千石という知行をもらうということで、〝私〟を抑制しての忠誠心が要求されるようになった。

知行制のために、武士は私権を主張する必要がなくなったのである。

武士の本質として残ったのは、名誉と美意識だった。

その名誉も、自分の戦闘力が中心になった。格闘力が強く、また指揮官としても兵に信頼され、敵に対しては必ず勝つという職業人としての能力が、誇りの根拠になった。

……能力という個の顕示が、戦国の兜の造形にあらわれたとみていい。

つまり、上の《二枚胴具足》は、桃山から江戸初期の制作とはいえ、まさにこの〈能力という個の顕示〉という戦国の精神をひきつぐものだろう。栄螺《さざえ》型の鉢に波頭の脇立てをつけた兜、袖や佩《はい》楯《だて》には金魚の鱗をあしらうとは、なんと痛快かつユーモラスな目立とう精神か。さて、司馬流〝日本甲冑小史〟はこう結ばれる。

幕末、幕長戦争のとき、ダンブクロとよばれる洋服まがいの服を着た長州軍が、いたるところで幕府軍を破った。幕兵の多くは、先祖重代の具足を着けていた。

幕臣の勝海舟は、

「長州人は、カミクズヒロイのようなかっこうでやってきた。これからは、ああでなくてはいけない」

といったという。

こうして、武士の時代、甲冑の時代は終ったのである。

きわどく生きた八大山人

八大山人『安晩帖』より

昭和三十年代のはじめごろ、私は勤めさきの新聞社で美術評を書かされていた。そのころ現代日本画への理解が未熟すぎたため、ともかくもなるべく過去の名作といわれるものをできるだけ多く見たいと思い、画集などを持っている人にせがんでは見せてもらっていた。あるとき美術館の事務室で備えつけの画集を見ていたとき、あまり親しくもなかった職員が、

「こういうものは、いまの日本画を理解するための参考にはならないか」

といって、一枚の写真をみせてくれた。それが、八大山人の『安晩帖』のなかの魚の図だった。このときの驚きこそわすれられない。

絵の中央よりわずかに左へかたよって、ただ一尾の魚が、前方の一点に目をこらし、凝然とした表情で泳いでいるのである。まことに絵というのは、それだけであった。絵筆を惜しむことははなはだしく、わずかな線を用い、魚体を淡く暈《ぼか》しているだけの絵なのだが、省筆されている部分に、魚腹がある。当然ながら、白い。その魚腹の白さにぬめりまで出ているのは驚くにあたいしないにしても、あきらかにその白の内部に浮袋が蔵せられ、魚体の浮力がそこから出ていることが眺めていてありありとわかるの

である。浮力まで絵画で表現しうることは本来不可能にちかい。

　魚という水棲の生物の生命と運動が、この絵にあってはいのちに内在しているものからひき出されているのである。速度まで出ている。背びれ、尾ひれが、魚体の運動につれて水にぼやけつつも、魚体はゆるやかにすすんでいる。私はかねて水墨画の表現力に勝手な限界を設けて多少あなどるところがあった。よく考えてみると水墨画の表現の限界論議など凡庸な画家にのみ通用するもので、天才には限界すらあたらしい可能性の展開になるということであり、八大山人のこの魚は、写実技術はさることながら、本来写実できない生命感までみごとに描出されている。というよりも生命感そのものを魚に藉《か》りて描いているだけで、魚についてのへんぺんたる写実的課題などはけし飛んでしまっているといっていい。

　絵とはこういうものかと思った。この魚は大魚ではないが、小魚でもない。ゆったりとしたその動きは、画面のなかの決定的な一点においておこなわれているため、画面は単に紙の膚質のみであるのに――つまり水についてのいささかの描写もないのに――魚は沈々として流れる長江の水中にあることを思わせる。この点においても感嘆した。が、そのことは技術にすぎないといえばいえる。

　ともかくも私をとらえた最初の八大山人は、繰りかえしいうが、魚体にみなぎっている異様なばかりの生命感であった。のち、この画家について知るところがふえるにつれ、かれの魚鳥のことごとくに、このぎりぎりのみなぎりがあるということを知った。

（「激しさと悲しさ――八大山人の生涯と画業」以下同）


　ひとりの美術記者を「開眼」させたのは、八大山人の絵にみなぎる〈異様なばかりの生命感〉だった。その〈ぎりぎりのみなぎり〉を眼のあたりにすることで、若き日の司馬さんは、水墨や写実といった表現上の技術について云々することのむなしさを知ったのにちがいない。司馬遼太郎の美術エッセイが、つねに、それを生んだ人間の精神にまでふみこんでいるのは、このときの経験によるのだろうと思う。司馬さんにとっては「絵ハ人ナリ」だった。そしてそのもっとも端的で悲劇的な表現が、ゴッホであり、また八大山人だったのである。


　山人の生涯は、すべてきわどい。急流のなかのあるかなきかの浅瀬を選びながら渉《わた》るようなきわどさで、踏みはずせば深瀬に落ち、あるいは急湍に脚をすくわれて死骸になって流れてゆかざるをえない。

　八大山人（一六二六～一七〇五）は明の王族の出である。しかし明は、山人が十九歳のとき、漢民族にとって北方の夷狄にすぎ

八大山人『安晩帖』より（左頁も）
康熙33（1694）　紙本墨画
31.7×27.5　泉屋博古館

ない満州民族（清）によってほろぼされてしまう。清の攻勢のまえに、明の指導者たちはかんたんに降伏していった。それどころか清の手先となり、清兵以上の悪虐を民衆にくわえたのである。

痛哭のうちに山人は故郷を脱出し、髪を切って僧になった。純粋に仏教に帰依してのことではない。清朝は漢民族にたいして、自分たちの習俗である辮髪《べんぱつ》（頭を剃り、中央にのこした毛髪を豚のしっぽのように編む）を強要し、拒むものは容赦なく首をはねた。〈山人はそれでもなお辮髪の屈辱からまぬかれようとし、そのために僧になったにちがいない。〉

そののち二十年の歳月を、山人は禅寺でおくった。人望があり、百余人もの弟子をかかえていたという。しかし、その人気を警戒した地方官によって軟禁状態におかれると、山人はみずから僧服を焼き、気が狂ったふりをして官舎をとびだしてしまう。俗界にもどった彼は、妻をめとり、記録にはないが、辮髪にもなったはずだという。

世間と交わることを避け、訪客をも避けた。つねに大酒し、交わる者といえば、数人の僧俗のほかは、貧士、市人、屠沽といった下層の連中で、ともに飲み、酔えば絵を描き、それを惜しげもなくかれらに与えた。

……

町に出れば、心気が逆上するような事に、おそらく歩々接したのにちがいない。都鄙のすみずみにまでかぶさっているのは清の重さである。……ときに山人は街路を叫びながら走りすぎたこともあった。

その痛哭のはげしさを思えば〈絵にその気分の苛烈さが出るのは、当然といっていい〉としながら、最後に司馬さんは、例外的におだやかな一枚の絵をあげて、こう書くのである。

しかしながら、私は、じつに小さな、絵としても小さすぎる魚いっぴきを描いた《魚児図》が好きである。魚児はどこへゆくのか、水中を下降している。目は、他の場合のように鋭くはない。墨一滴で描出され、しかしながら墨一滴が現実のいかなる生命よりも生命感が凝結している。戦闘的でもなく、気概や憤激の表出でもなく、かといって諦観そのものでもない。ながめていて、魚児はどこへゆくのかという悲しみが、水のようにあふれてくるのである。すでにこの魚児においては、漢民族の運命などという次元には憑《の》っておらず、生命そのものの悲しみというものの中にいるようにも思われる。

“裸眼”でみつめた ゴッホと鴨居玲

［右］司馬遼太郎えがく《テオの夫人　ヨハンナ》 1989
18.8×11.9　司馬遼太郎記念財団
『街道をゆく』のためのオランダ取材旅行の際に描いたゴッホの弟テオの妻のポートレイト。

［上］ゴッホの心の痛みが、ケント紙の中に息づいている!
——司馬さんを感動させたゴッホの小品。
ゴッホ《教会のベンチに坐る会衆》［上］と《国営宝くじ売場》［下］ 弟テオ宛て書簡235より 1882
インク、紙
Amsterdam, Van Gogh Museum (Vincent van Gogh Foundation)

［左頁］鴨居玲《私の村の酔っぱらい》 1973
油彩、カンヴァス 92.0×65.0 ひろしま美術館

産経新聞の記者時代、美術を担当した昭和二十年代末からの数年間は、司馬遼太郎にとって思うに任せない時代だったらしい。西洋の新潮流を追うことに汲々としている美術界の雰囲気や、当時、勢力を得つつあった抽象画が、まったく肌に合わなかったのだ。

絵を見るというより、正確には、本を買いこんできて絵画理論を頭につめこむことを自分に強いた。……セザンヌの理論やその後の造形理論を読み、実際の絵画の中でたしかめ、そのたしかめたことを、制作した人に問いただしたりした。この四年ほどのあいだ、一度も絵を見て楽しんだこともなければ、感動したこともない。（「裸眼で」以下同）

司馬さんは、美術記者の仕事を離れ、ようやく〈絵を見て自由に感動できるようになった〉という。

私は、がらにもなかったそういう職業を離れた。そのあと、カタログで見たゴッホの小さな一枚の素描がなんとすばらしかったことだろう。たしか《宝くじを買う人々》という題のもので、着ぶくれた十数人の下町の男女の背中がかさなりあっているだけの構図なのだが、単なる造形意識の所産ではない。見つめているうちに一人一人の暮らしや性格、さらには儚いものに託するしか仕方のない事情までうかびあがってくる。ゴッホが感じつづけてきた人間という存在への強烈な——自分が他者だという——思い入れが、小さなケント紙の中に、痛みとともに息づいている。

司馬さんはゴッホが大好きだった。この「裸眼で」というエッセイで触れた他、「ゴッホの天才性」という文章があるし、『街道をゆく』のうちの一冊「オランダ紀行」でも、かなりの紙幅をゴッホのために割いている。偉大から卑小まで、歴史上のあらゆるタイプの人間について調べ、描いた司馬さんの文章の中でも、ゴッホに関するものはどれも、こんな人生もあるのかという深い驚きと感動に満ちあふれている。

「裸眼で」には続けて、洋画家・鴨居玲との交遊が述べられている。

昭和三十年代のおわりごろだったと思うが——大阪の街なかを散歩して、たまたまそこに友人の事務所があったので立ち寄った。……婦人用の下着の会社だった。鴨居羊子さんが社長をしており、同時に下着についての世間の古い認識に革命をおこさせるべく、自分でデザインをする一方、自分で文化論的な理論を構築するという、初期印象派の画家のようなことをやっていた。

……

鴨居羊子さんの弟君が、鴨居玲氏である。きらびやかな才能をもつ画家だが、抽象画の全盛時代であった当時の時流に適《あ》わなかった。適わないというより、適わせることができないほど自分自身の絵がすきであり、それをとりあげられることは絵をやめるということと同義で、やめることは生きていることをやめることであった。神戸に住んでいて、周囲が抽象画家になってゆくなかで、孤立をふかめ、ついに放浪して南米へ行ってしまった。

「そこで死ぬと玲ちゃんはいっているよ」

鴨居さんは、言葉を千切ってほうりだすような物の言い方の人である。

その場で見せられた、鴨居玲の作品の写真に、司馬さんは声をのみ、またゴッホを連想してもいる。

木のこぶのような顔をもった西洋老人た

左より鴨居羊子、彼女の愛犬花吉、
鴨居玲。羊子の家にて。1971
撮影：井上博道

ちの面貌や姿態が、ほんのわずかな光だけを用いた暗い色調のなかにうかびあがっていて、背景は闇である。……

いずれにせよ、構図といい、描写力といい、みごとなものであった。ゴッホがほとんど習慣のように木のこぶに癌を見、死を象徴し、しかも死を終了とみず、再生と見、生よりも微笑《ほほえ》ましいものとしたとらえ方と、この生ける木のこぶたちとはどこか共通していた。ただゴッホの場合、教会の説教師を、職業としてでなく神への情熱のあらわれとしてつとめたことがあるだけに、死の予見をおもわせる木々や鳥や老人にも救いがあったが、無神論の風土にうまれた玲氏には人間の根源的な恐怖として老醜があり、古い紙のようにひからびた人生の記憶だけがあり、それらの無明《むみょう》のあつまりが懸命に美になろうとしてあがいている。ただ、この画家はこういう時代の意匠から自由すぎる絵をかいていては、結局は水田農村から追いだされるようにして漂泊せざるをえないだろうと思った。

内容を明言していないが、司馬さんは羊子にさまざまのことを語ったらしい。玲のような優れた画家を居たたまれなくしてしまう日本の美術界に対する憤り、自分の美術記者時代の虚しさ、セザンヌ亜流の美術理論などが大手を振って罷り通っているのは、日本の後進国的位置のゆえであって、芸術の本質とは何の関係もないということ、よき絵画とは大なり小なりゴッホ的な何物かではないか、という自らの思い――およそこのような内容だったのではないか。司馬さんの言葉は、羊子の手紙を通じて玲に届く。それに励まされた玲は日本に戻って制作を再開し、やがて安井賞を受賞する。

鴨居玲の感謝は深いものだったようだ。後年の大部の画集に、彼はエピグラムとして、司馬さんの小説『妖怪』から、室町時代の小唄を孫引きしている。

憂きもひととき／うれしきも／思い醒ませば／夢候よ

八木一夫　わが友は天才なりき

陶芸家・八木一夫を、作家は敬愛してやまなかった。
［右頁］1967年、京都の自宅兼仕事場で制作中の八木一夫。
［左頁］八木一夫《ザムザ氏の散歩》 1954 高26・0
撮影：野中昭夫(2点とも)

戦後間もない昭和二十三年七月、八木一夫、鈴木治、山田光ら京都在住の若手陶芸家たちは「走泥社」を結成。伝統的なやきものの概念をくつがえそうと、非実用的な、オブジェとしてのやきものを制作しはじめた。そのリーダーだったのが八木一夫である。陶工・八木一艸《いっそう》の長男に生まれ、京都・五条坂の町家に住むこの芸術家を、五歳年下の司馬遼太郎は、親しみと敬意をこめながら語っている。

最初に出会ったのは、昭和三十年ごろで、かれは下戸ばかりの一座にまじっていた。このためだれもかれの酒好きに同情せず、酒をとりよせようとする者もいなかった。

そういうわるい状況のなかで、かれは平然とし、しかもふしぎなことに十分に酩酊していた。かれにとって自他はからかいのたねとして存在しているようで、自他に軽い引掻き傷をつくっては、あふれるように警句性に富んだおしゃべりをつづけていた。

「オウチ」

と、かれは相手にいう。オーチときこえる。かれが考案した独特の第二人称だった。キミ、オマエ、アナタ、アンタのすべてが差しつかえ、しかもオタクではそらぞらしすぎる場合、オウチならすべての局面に適合し、どんな心理的障害でも突破できるという便利さをもっていた。……ただ不自由なことに、八木流の音楽的な会話文体にはめこまれるときのみに生き、われわれが盗用できないことであった。

八木はその強烈な自我をまもるために、他者を尊重するというきわめて市民的な精神と思想をもっていた。ただし平等に尊重した。このため相手への代名詞はヨーロッパ語と同様、一種類しかつかわなかった。先輩に対してもオーチであり、かれが指導している学生に対してもオーチであった。

「オーチの言わはること、おもろいな」

と、初対面の私にいったりした。私は当時、柳宗悦を読みすぎていたせいか、焼物における用のことばかりを喋り、結果として走泥社の方向を理解する側に立っていないというふうでもあった。そのくせ一方で

“やきもの嫌い”だった司馬さんの
度肝をぬいた八木一夫の作陶。
[上]《衣》 1964 黒陶 高25.1
[下]《環》 1967 黒陶 高30.6
東京国立近代美術館
[左頁]左が八木、右は鈴木治。ともに走泥社の
同人で、司馬さんとも親交を結んでいた。
1967年、五条坂にて。
撮影：野中昭夫（3点とも）

はかれの《ザムザ氏の散歩》にはげしい衝撃をうけており、そういうものを生みおとしたまま風狂に笑っている八木一夫という人物につよい関心をもち、できればかれの精神と思想を手ざわりで知りたいとおもっていた。（「八木一夫雑感」）

こうして始まった八木との交遊は、司馬さんにとってかけがえのないものだったようだ。時に、酒の席で諧謔のきいた会話の応酬を楽しみ、時に〈八木ほどの人間がああいうからには本当かも知れない〉（同）と、真摯にその声に耳を傾ける。彼の作品への思い入れもまたひとしおだった。

八木の窯業上の技術は、あらゆる伝統的な陶芸界のなかで卓越していると思っているし、これについてもっと激しい言葉をつかいたいほどである。その技術を作品の上《うわ》べで誇示する必要がなかったのは、八木の目的とその論理がつねに明晰なためであった。自分の思想的な詩に造形性をあたえたいというただ一つの目的のために、かれの技術も、あるいは火と土という日本に根づききった材料も、こまかく配置され、計算されぬいて動き、あるいは予定のとおりに変化させられているというためである。（同）

〈日本人がブロンズで表現する場合、うっかり他人の自我を借りてきてしまうことが多いが〉、八木の黒陶には〈他人の自我を借りようにも借りられない絶体絶命さが〉あるというのだった（「八木一夫と黒陶」）。

〝美〟の背後には、それを生み出した人間の〝ぎりぎりの精神〟があると信じた司馬さんにとって、《ザムザ氏の散歩》でうけた衝撃と、八木一夫との出会いは、そのことを身をもって実感した出来事だったのではないか。

〈若いころの八木に、私はつよく文学者を感じ、八木がいるかぎりうかつに小説など書けないと思ったことがある〉（「八木一夫雑感」）という言葉は、八木の存在が、作家にとっていかに大きいものだったかを伝えて余りあるだろう。

しかし、こうして二十年あまりにおよんだ交遊も、昭和五十四年、心不全による八木の突然の死によって終わりを告げられる。八木の死の翌年に発表されたエッセイ「八木一夫雑感」は、次のような言葉で結ばれている。

八木は有形、無形の古典のなかのもっとも良質なものを豊潤に吸いこんだまま、しかも二十代の感受性を千年ももちつづける勢いを示しつづけたまま、にわかに死んだ。私はこのように世に居て、唯一の経験として天才が死ぬという衝撃を真向からうけさせられた。

あとは、作品の中にだけ八木一夫がいると思って生きてゆくしかない。

悔やまれる須田国太郎とのすれ違い

丹念に絵を見て歩いた美術記者時代、衝撃をうけた須田国太郎《窪八幡》
1955 油彩、カンヴァス 59.0×83.5 東京国立近代美術館

司馬遼太郎にはどうにも気にかかってならない一人の画家がいた。昭和二十年代の終わりから三十年代の半ばまで、美術記者として数多くの絵を見て歩くうちに、その画家の何点かを目にし、やがてある決定的な一点に出会う――それが須田国太郎であり、《窪八幡》だった。

ともかくもこの時期あたりに、私は須田国太郎の《窪八幡》に出くわしてしまった。《窪八幡》においては、色彩の赤が、濃密な空気の奥に沈んでいる。他の色彩も形象も空気を感じさせつつ沈んでいるが、とくに赤が、空気の奥に秘められていることのあやしさを蠱惑的に（といって主張はせず）ひたすらに実在している。そのことにつよい衝撃をうけた。（「微光のなかの宇宙」以下同）

それまでに見た須田国太郎の作品を、司馬さんは〈どれもが、色彩を喪失しているとか、暗いとかなどと言われていたものだが、私には黒っぽくは思えても、暗いとは思えず、むしろ一種のふしぎな明るさを感じていた〉と語っている。そして、昭和三十一年、大阪の画廊を訪ねた司馬さんに、須田本人との千載一遇の出会いが訪れる。

会場の一隅に当時六十五歳だったはずのこの画家が、大柄な体を三ツ揃えの背広で行儀よく包み、両脚をつつましくそろえて固いイスに腰を掛けていた姿が占めている。……およそ自分の外観から画家を想定できる要素をすべて消していて、品のいい老紳士としてそこにいた。風貌はどこからみても学究であった。たとえば医学部の基礎分野の老教授のようであり、学問以外に俳句ひとつ作ることも自分に許さないといった堅牢な職業的人格が想像され……

とうていこの人が、あのような作品を生み出すような画家とは思えなかったという。

私はこの当時、なにか諸事気鬱で、社交の運動神経に変調があったような時期だったために、この個展についての簡単な紹介を書く立場にありながら、ビルの勤め人が昼休みに会場にまぎれこんだように、会場を一巡して片すみの画伯に目礼すると、その人はイスからわずかに腰を浮かし、慇懃に答礼された。それだけで会場を出てしまったことをその直後に路上で後悔し、その後いよいよその後悔がひろがっている。

たった一度きりの画家との出会いを、司馬さんはみすみすすれ違いだけに終わらせてしまった。この時の苦い思いはよほど尾を引いたのだろう。彼がこのエッセイを書いたのは、それから二十年後のことだった。

そもそも司馬さんが惹かれたのは、独創ともいえる色彩表現にあったようだ。明治以後の日本の洋画家のだれもが〈ヨーロッパで成立した洋画の色彩世界に参加すること〉に汲々とするあまり、水蒸気がたちこめる日本の風土のなかでの色彩については〈強烈すぎるほどの無関心さですごしてきた〉と司馬さんはいい、ただ一人、須田国太郎だけがそのことに目を背けることなく、対象を見据えつづけているとみた。その秘密を探ろうと、さらに彼の年譜をくりかえし眺める。そして〈須田国太郎が、自分の独自の世界にゆるぎなく目をすえることができた大きな理由のひとつは、美術学校を経過しなかったこと〉にあると指摘する。

須田国太郎は、明治二十四年、京都・堺町の裕福な縮緬問屋の次男に生れ、府立一中から三高を経て、京都帝大に入学。大学では哲学科を選び、深田康算のもとで美学・美術史を学んだ。その理由を須田自身「なぜ東洋西洋と違った方向にむいて絵が発達したのだろう。我々の新しいものの要求は、その綜合の上に立つのではないか……」と語っており、司馬さんは〈この言葉の中に、須田のその後のありかたがいきいきと内蔵されている〉という。大学院でも絵画技術を中心に研究を進め、やがて四年におよぶ外遊に赴く。ここで彼が選んだ海外の地は、渡欧した画家の誰もが飛びついた印象派の中心地フランスではなく、意外にもスペインのマドリッドだった。こんなところにも須田国太郎の異彩を見ることが出来るだろう。彼はプラド美術館に足しげく通い、ティツィアーノ、ティントレットなどの模写に没頭、エル・グレコにも傾倒した。文献で研究するだけでなく、油彩の技術を自らの「手」で存分に実感した末に、帰国の途につく。その後、数々の高校、大学で講師をつとめることとなったが、実作者としては帝展に出品しても落選するなど、決して恵まれたものではなかったようだ。

　画家としてようやく日の目を見るのは初個展が開かれた昭和七年の頃からで、その時すでに四十を越えていたという。晩年に闘病生活を余儀なくされたこともあって、画業とよべるのはおよそ二十数年。その間も「ああ暗くては売れませんな」と画商に言われるほど〝売れる画家〟とは縁遠いものだった。司馬さんは〈ピラミッドの半ばまでの石を積んだようなかっこうであり、せめてあと十五年の時間と健康がかれに与えられれば頂上へ石をもちあげ、ゆっくりと最後の石を置いて自分の絵画を完成させたにちがいない〉と七十にして迎えた須田国太郎の死を惜しんだ。

　それにしても須田国太郎は風姿といい、その軌跡といい、まことに希有の画家といえるだろう。司馬さんは、土門拳による須田のポートレイトに言及して〈日本座敷に画架を立て、講壇に立つときのように背広をきちんと着、ネクタイを締め、端座して仕事している。遺された弟子たちにきくと、いつもこの人はこの姿で描いていたという〉と書いている。あの時、個展会場で目にした画家の姿が、あるいはカンヴァスの前に端座する上の写真と重なって見えたのではないか。京都南禅寺の自宅で撮影されたこの部屋は、家族が雑居する四畳半の和室だったらしい。晩年の病床で須田国太郎がくり返し語っていたことは、画家として再びスペインに行って修業をし直したいということと、もう一つ、自分の画室をもちたいということだったという。

背広にネクタイ、これが画家・須田国太郎の仕事着だった。京都南禅寺の自宅にて。1947頃
撮影：土門拳

目にしみるふたつの赤

富岡鉄斎＋観心寺・如意輪観音

［右頁］富岡鉄斎《茂松清泉図》１９１９
絹本着色　１５３・５×51・1　清荒神清澄寺
［左頁］《如意輪観音坐像》平安前期　木造彩色
高１０９・４　観心寺　写真提供：飛鳥園（57頁も）

私には、鉄斎（一八三六〜一九二四）に感動できる装置が故障しているようである。

三十代のころ、鉄斎展をみて、じつに平凡な印象をうけた。三条大橋のらんかんに美人がもたれているといった四条丸山派ふうの絵で、技術さえ身につければたれでも描けそうだと思った。もっともこれは五十代の若描きだった。

よくいわれるように、鉄斎は六十をすぎてなにごとかをぬぎすて、真の鉄斎になった。その後の鉄斎こそ真の鉄斎といっていい。

小高根太郎氏の『富岡鉄斎』（吉川弘文館）によると、鉄斎についての国際的な評価のなかに「鉄斎の芸術はセザンヌのように構成的で、ユーゴーのようにロマンティックだ。かれは、ゴヤ、セザンヌとともに十九世紀の世界三大作家の一人だ」ということばがある。最晩年の鉄斎は、胸中の理想世界（仙境）を

司馬家にかざられていた鉄斎の扇面（複製）。となりの瓢箪は自宅の庭でとれたもの。かたちがよいので気に入っていたという。撮影：野中昭夫

多く描いた。右の展覧会で、最初は失望し、次第に心が高まったかのようであり、やがて、目に痛いほどの赤を感じさせる作品にゆきつく。水墨で表わされた夕暮れの山中に、豆粒ほどの人物が、赤い衣を着て、草むした土橋をわたっている。

赤といっても、水滴に朱を点じた程度の淡さである。

であるのに、その小さな赤は、小指をピンで突いたように全体に痛みを広げるほどに衝撃的だった。

私はこの一作のために鉄斎が大好きになった。

もう一度その絵にふれたいと思い、機会があるごとに気をつけてきた。ところが、その後、三十年間、赤の効果という点ではあの作品をしのぐ鉄斎を見たことがなく、いまだにその作品にも再会できずにいる。

話がかわるが、南河内（大阪府河内長野市）

の丘陵地帯に、観心寺がある。境内は山里の嵐気《らんき》に洗われたように清浄で、その金堂の内陣は黒く沈んでいる。六百年の油煙が、うるしのように、闇をつややかにしているのである。その内陣の奥に厨子《ずし》があり、如《によ》意輪《いりん》観音がしずまっている。秘仏であるために、毎年四月十七、八の両日以外に開扉されることはない。

この観音像は、空海の在世中か、その没後ほどなくつくられたもので、天平彫刻の系列とはべつの——インド的な聖なるエロスともいうべき——思想が濃密に表現されている。

ゆたかな頬、妖しいというほかない肢体は、官能を通してしかあらわしようのない理趣経の世界をそのまま象徴している。

千年のあいだに金箔や緑青《ろくしょう》などが半ば剥《はく》落《らく》し、風化がかえって肉感性と形而上性を微妙に調和させているのだが、そのなかで一点、御脣《ぎょしん》のみが赤い。この一点の朱こそ地上欲望から理趣経の法身《ほっしん》の世界へ昇華しようとしてなおたゆたっている密教世界の不可思議を感じさせるのである。美というのは、地上からあやうく天上へゆきかける揺蕩《ようとう》の瞬間にあるのではないか。（「都市色彩のなかの赤」以下同）

〈目に痛いほどの〉鉄斎の赤、そして闇のなかになまめかしく浮ぶ如意輪観音の唇の朱について語ったこのエッセイは、つづいて、都市に氾濫する「赤」の話になる。

戦前の町や村では、刺激と警告の色である「赤」はあまりみかけなかったのに、いまでは〈ちょっと信じがたいことだが〉すし屋の看板までが赤い。〈大阪は東京よりはるかに多用されていて、わが故郷ながらいやになる〉。そうした〈色彩の騒音〉のなかにいると、戦前に恋しさをもたない自分だが〈ついむかしの街の色がなつかしくなったり〉もするという。

ようするに鉄斎の赤も、如意輪観音の朱も「小さな一点」だからいい。だからこそそれは〈小指をピンで突いたように〉衝撃的で、不可思議で、すなわち美しいのである。

80頁の鉄斎は、じつは司馬さんがみたものかどうかわからない。松の葉をたべ、泉の水をのんで暮す唐の道士・潘師正《はんしせい》の隠栖ぶりを描いた鉄斎八十四歳のときの絵だが、司馬さんが語っているものと図柄が近い、ということであげた。

河内の観心寺は、寺伝によると大宝年間（七〇一〜七〇四）に役小角《えんのおづぬ》が開き（当時は雲心寺）、弘法大師が再興して観心寺と名をあらためた古刹で、金堂と本尊の如意輪観音が国宝に指定されている。文中にあるように、如意輪観音は秘仏であり、毎年四月十七、十八日の二日間しか拝観できない。

この像については、司馬さんはべつのエッセイでも〈女性以上にその性を象徴する肉厚な朱唇と脂肪が清潔にふくらんで下あごへしたたってゆく感じを見ていると、密教の深奥のなにごとかが直観できるような感じがしてくる〉と書いている（「密教の誕生と密教美術」）。

「赤」の氾濫に落ちつかない思いをしていた司馬さん自身は、色では黄色が好きだったらしい。それは、咲く花のたいていが黄色い、早春という季節が好きだということにかさなるのかもしれない、とあるところで述べている。

美（芸術）という、〈地上からあやうく天上へゆきかける揺蕩の瞬間にある〉ものをむやみに追うことをせず、おだやかな「地上」の人として生きたこの作家に、そのあたたかな色彩は、いかにもふさわしい。

「洛中洛外屏風」を買った話

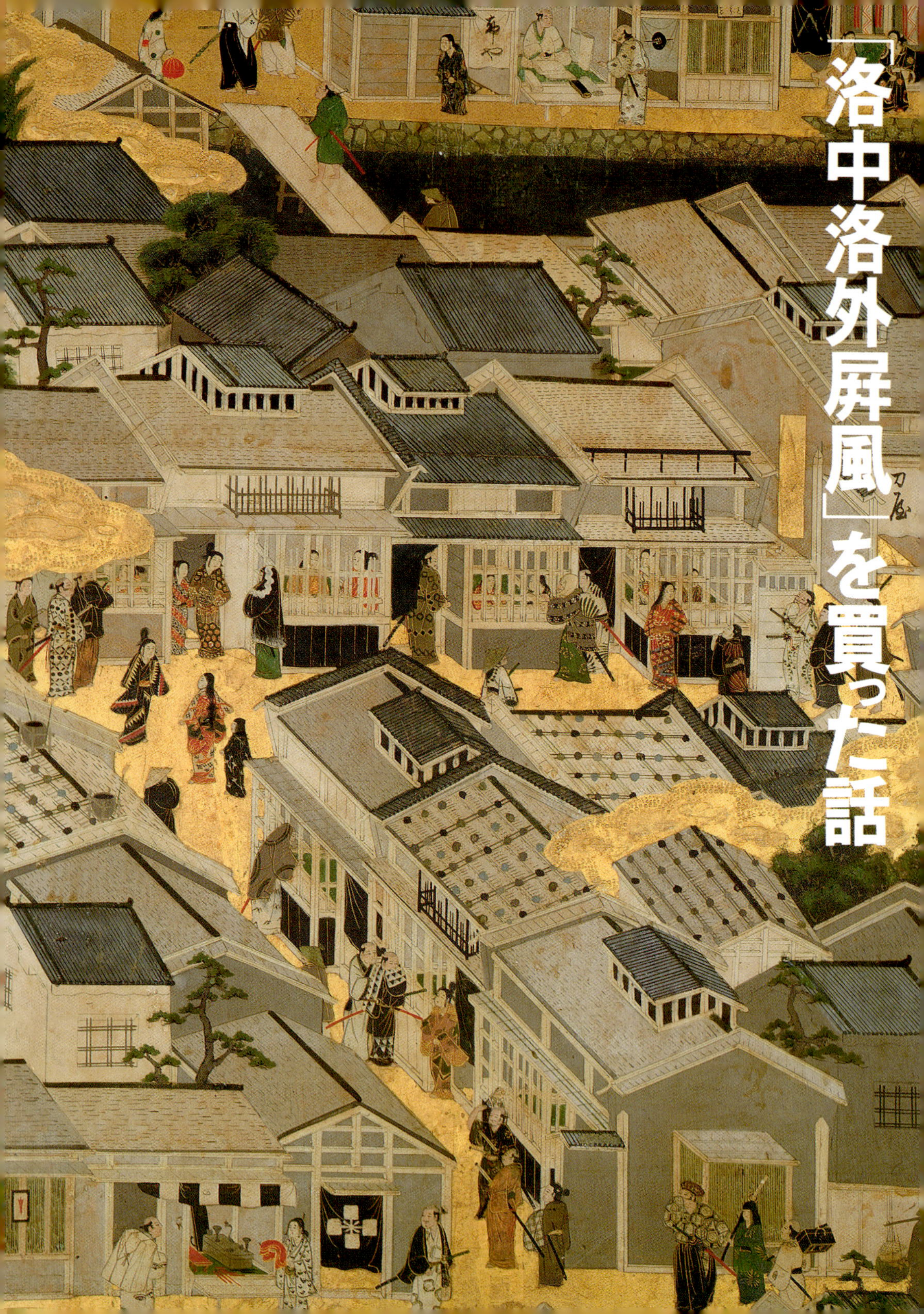

《洛中洛外図》江戸初期　紙本金地著色
六曲一双　各116・0×272・8
[上]右隻／[下]左隻／[右頁]左隻部分
かつて数年間、司馬遼太郎が所蔵していた
洛中洛外屏風。現在は田辺市立美術館蔵。

自分には骨董品、美術品を蒐める趣味はかけらも無いということを、司馬遼太郎はいくどか述べている。そんな司馬さんが、洛中洛外屏風の逸品を買ってしまったのは、だから骨董趣味ではなく、洛中洛外屏風をめぐる、ある空想にひきずられてのことだった。

秀吉が天下を得るとともにこの主題と形式（補注・洛中洛外屏風）**は異常なほどの流行を示した。都の秩序が回復し、回復したばかりか前古未曾有の繁栄を示しつつある景況は、地方の大名小名以下の大きな話題だったのであろう。それがこの屏風の流行となってあらわれ、さらには秀吉の政策的**

指向がそれを助長したかに思われる。

京都の繁華をもたらしたのは、秀吉の努力とその度はずれた建築趣味である。京都の繁栄こそ秀吉にすれば豊臣政権の威福を示すものであり、この都会の景況を地方の居住者にみせることは人心を手っとりばやく悦服させるもっとも端的な方法の一つであるはずだった。

……これはあくまでも想像だが、これを専門に描く工房が京都にはいくつもあったように思われる。それらが、上洛する大小名たちの需要をみたした。秀吉自身も、そのお抱え絵師である狩野永徳、山楽にも描かせたであろう。それを田舎からのぼってくる大名にあたえたこともあったかもしれない。（「手に入れた洛中洛外屏風」以下同）

もともとこんな考えを持っていた司馬さんは、洛中洛外屏風を買わないか、という話を持ち込まれた時、あるいはそれが、まさに秀吉が田舎大名に与えるため、手元に多数ストックしていた屏風の一つかも知れないと思ったようだ。売り手が、豊臣家と縁の深い〈秀吉の伏見城の遺構を多く移されたことで著名〉な〈洛東のさる名刹〉だったためもある。

運ばれてきたものをみると、いささかも剝落せず、ある部分など昨日仕上がったのではないかと思われるほどに色彩が鮮かである。……市中の人物の表情や姿態もおもしろく、その数もおびただしい。坊官屋敷の蔵に入れられていたまま、ほとんど使われずに今日まで至ったという。

見るうちに空想がますます巨大になって、つい引きとる旨の返事をした。

自分のものになった屏風を眺めているうちに、しかし司馬さんは、残念な発見をしてしまう。〈画中にどうやら島原の遊里らしいものが描かれている〉のに気付いたのだ。島原遊廓なら寛永十七年（一六四〇）の設置だから、この屏風は秀吉時代のものではありえない。

〈思わず、失笑した。これで、秀吉の伏見城の殿中が映じていた私の心象が、まったく薄れた。ひとりで空想し、ひとりで空想がおわった〉。がっかりして興味を失ったためか、やがてこの屏風を京都国立博物館に寄託し、数年後には他の個人に売却してしまう。〝物〟に対する司馬さんらしい淡白さではあった。

84頁は司馬遼太郎旧蔵の洛中洛外屏風、遊廓の部分のアップ。ただし専門家によれば、これは島原ではなくその前身、六条三筋町の遊廓らしい。本作は、二条城が大改修された寛永三年（一六二六）以降、遊廓が六条から島原へ移設されるまでの間の京都の景観を示しており、当然その頃に描かれたのだろう。いずれにせよ、秀吉時代より後の作品であることに違いはない。

ちなみにこの屏風、司馬さんも言っているように、数ある洛中洛外図の中でも登場人物がひときわ多く、その衣装も華麗で、商家の屋号まで細かに描き込んだ精密な描写といい、なかなかに魅力的な作だ。司馬さんはあっさりと手放してしまったが、練達の土佐派の絵師の手になった、好事家には知られた優品である。

エッセイ▣司馬さんと私

たいやきの夜

安野光雅［あんの・みつまさ　画家］

司馬さんを囲んで飲んでいると、話に酔うらしくて、酒がまわらないうちから、みんな笑い上戸になってしまった。その話の世界は、「司馬千夜一夜」だとひそかに思っていた。

そこへ遅れて入ってくる者があったとする。そういう者に限って前後関係にかかわりなく、もう笑っているものだが、「どうして遅れたの、車がこんでいたんだろう」などと言ってみるのは、なんの助けにもならない。

そんなとき司馬さんは「あのな、木下くんな、いまあんのさんがヘルペスにかかって困っているという話になってんのや」という具合に、遅れてきたものに前号までのあらすじを聞かせてくれた。配慮というのはこういうのを言うのである。そんなとき、木下はわたしを一瞥しただけで、もう同じ世界にひきこまれるのだった。

司馬さんは「で、木下くんな、あんのさんは十日も風呂に入らなかったから、ここへくるのに一度風呂にはいってからにしないとまずい、と思ったらしいのよ、しかしな、腰のあたりの吹出物には薬がつけてあるし、医者には風呂に入ってはいかんと言われて、困ってな、そこで一計を案じてゴミ袋をとりだしてな、そいつにこう二つのあなを開けて、それをはいて風呂へ入った、という話になっとるのよ」

それこそ〝前号までのあらすじ〟を言わないとわからないだろうが、なにしろその年の暮れにわたしは帯状疱疹にかかった。そのてんまつは他の雑誌にかいたから詳しいことは省く。ここで吹出物といわれているのは、その疱疹のことで、この病気は大変痛い目にあうものだが、そのときはようやく峠を越えて、どうやら人前にでることができるようになっていたのである。

と、まあそういうわけで、そこにいる長老や当人のわたしは、司馬さんのいう〝あらすじ〟に多少の誤差はあっても、それはそれでおもしろいからいいではないかと思っているのに、同席している編集部員の中には校閲に鍛えられて大きくなったような若いものもいる。その若者は、

「司馬さんちがいますよ、ゴミ袋に穴はひとつしか開けないんですよ、それでいいじゃないですか、あんのさんはそれを、スカートのようにはいた、すると、半透明の袋だからゴミのようなものが見えると言ってるんですよ」

と、（あたかも父が兄のことを誤解したとき、それをかばって父につめよる弟のように）訂正しようとするのである。そん

安野氏が描いた司馬遼太郎の横顔。

なよけいなことを言うから、司馬さんは話がわからなくなってしまって、うなだれて、「あんのさんは、絵のはなしならよくできるのに、他のはなしはどうしてわかりにくいんだろう」と、嘆息することになるのだ。
「絵のはなしならよくできるのに」と嘆息したと書くと、どうかするとわたしの自慢ばなしと聞こえるおそれがあるが、これも他の雑誌に書いてしまったことだが、事実なのである。
わたしの話がわかりにくい、というときに、わかりよい話もある、と付け加えて、話のバランスをとってくれるのも司馬さんの気くばりかも知れないが、今となって、わたしはその夜の司馬さんの〝理解〟のありかたが理解できた。司馬さんはA図のように理解したらしいのだ。実際はBで足りる。言葉では「風呂にはいる」といっても「シャワーをする」という意味なのだからBでいい、しかし男性的理解とでもいうものがあるとしたら、司馬さんはスカートをはくというシーンは想像できなかったのだろうと思う。では、A図ならどうか、わたしは早くも老人として介護されている気分になってしまうではないか。

司馬さんの『街道をゆく』の「北のまほろば」の取材に同行したとき、雪のふりしきる青森から下って、弘前まできて夜になった。わたしたちの乗ったバスが一時停車したとき、目のまえが、たいやき屋さんだった。それを見たらとたんに腹がへってきて「あのたいやきが食べたいな」とつぶやいた。司馬さんの耳に、そのつぶやきが聞こえたらしく、「よし、買ってきてやろう」といってバスから降りた。わたしはあっけにとられていたが「司馬さんにたいやきを買いに行かせるなど、そんなことをしていいか」と、すぐに反省し続いて降りた。

店の中では司馬さんが交渉していた。たいやきはいま四こあまりしかできたのはなく、焼けるのをまつ時間はない。「では今川焼きではどうか、それでよければ、できているものが、しまってあるが」「その今川焼きというのは、たいやきと同じか」「形がちがうだけで、内容はおんなじだ」「ではそれも三千円ばかりください」というようなことになっていた。

その夜は、参加した者の酒の肴に、鯛の尾頭つき、もしくは今川焼きが並べられた。
酒のほうがいいと思っている人達は、わたしのせいで、甘い今川焼きをたべねばならぬことが不満だったらしいが、わたしはよろこんで拝領した。
世の中は広いが、司馬さんにたいやきを買いに行かせた者は、他にはあるまいなと、いまごろ、密かにほくそえみ、そして悲しく思いだしている。

追記

以上の話は突然すぎるので、どういうときの思い出なのか、注釈をかきます。

司馬さんが、『週刊朝日』に連載された「街道をゆく」という紀行は、歴史、地理、風土などいわば司馬さん独自の文明史観で探索がつづけられたもので、いまも沢山の読者を魅了しています。須田剋太さんは、その取材旅行に同行し装画を描いて、その独自の画境もまた評判だったのですが、おしいことに亡くなられ、京都の桑野博利さんが続けられましたが、病気がちになられたため、そのまた後任をわたしが承り、五、六年前になりますやら（注・一九九六年現在）「本郷界隈」の巻から、わたしが司馬さんの取材に同行して装画を描かせていただいたのです。しりごみすべき大任でしたが、昼夜ともに、司馬さんを囲んでの食事の時間がとてもたのしく、「朝日のOB」たちは、それを聴講するために（入場料も払わずに）その席を奪いあいにくるのでした。わたしがしりごみもせずに仕事をつづけられたのは、その歓びのためでした。ここにかきましたのは、そんな千夜一夜の中の一つの思い出です。

昨夜も、司馬さんと山折さんの宗教を主題にした対談のビデオを見て夜を更かしました。

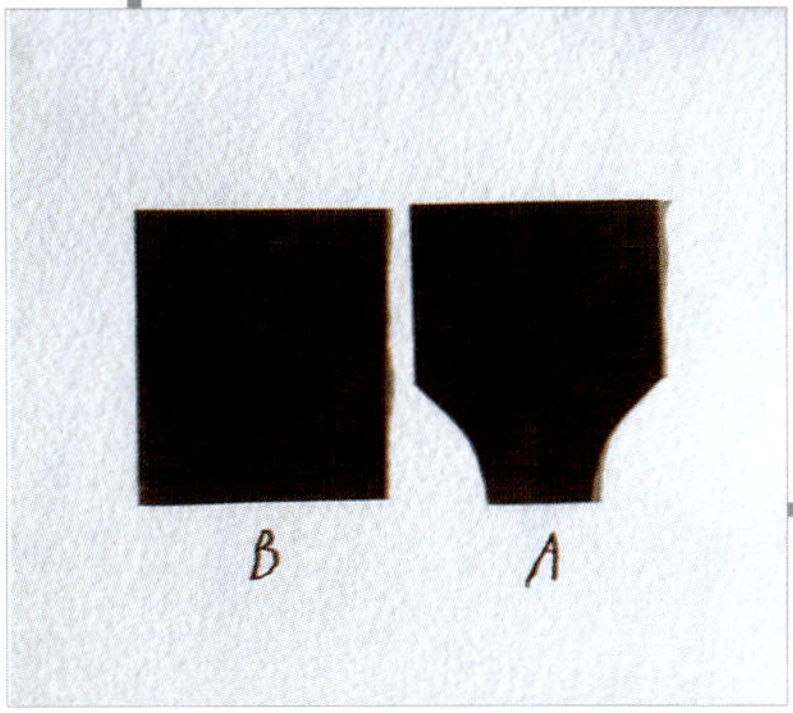

[上]1994年1月、「北のまほろば」の取材で弘前・長勝寺をたずねた司馬遼太郎と安野氏（左端）。
撮影：長谷忠彦／提供：朝日新聞社
[左]安野氏がはいた？ ABのゴミ袋図。

エッセイ▣司馬さんと私

一枚の絵

上村洋行

［うえむら・ようこう　司馬遼太郎記念館館長］

頭の中にスクリーンを持っている。そう思いこんでいる。たぶんに義兄のことばに感化された。

のらのらと寝ては起きるだけの学生時代を過ごしていた私に、世の中の事象を把握するにはただ漫然と見ているだけではいけない。見聞きしたものを頭のひだにしっかりと受けとめて、そのイメージがスクリーンに鮮明に浮かび上がるようにしなければ、という意味のことを話してくれた。

だが、こちらは単細胞人間、頭の中はつるりとしていてひだは少なく、ただ言葉通りの映画館のスクリーンだけが頭に浮かび、そのままどっかりと居座って、今もピンぼけの映像を映しつづけている。

ところが、不思議なことにこの絵だけはときおり、それもピントがしっかり合って瞬時に映し出されて像を結ぶ。

一九九六年三月、大阪・ロイヤルホテルの「司馬遼太郎さんを送る会」の会場で準備作業にあたっていたときもそうだった。マスコミ各社のみなさんと進行のための準備で会場にはいった。「街道をゆく」の取材でメモを取る義兄の遺影。その下に一万本もの菜の花が小高い丘のように生けられている。菜の花はまだ青い。開場予定の午後四時前後から満開になるように調整されているからだ。

菜の花の緑とこの絵のクレパスの質感が記憶の中で一致したのか、四十五年前の絵が突然、浮かび上がった。

「絵、かいたろか」

と義兄が言ったのは私が小学生の高学年のころだった。日曜日だったのだろう。まだ姉と結婚していないときで、母と姉のいる私たちの家に遊びにきていた。三十一、二のころだったと思う。そのとき義兄は、クレヨンがあれば、と言ったのだが、すでに高学年で持っていなかった。でも、クレパスでいい、と言ってくれたので、ただ、うれしくて飛び跳ねるように急いでクレパスを持ってきたのをおぼえている。

絵を描く時間は短かった。じっと、その描き方を見つめていた。熱中するときの義兄の癖だが、歯をくいしばるような表情でいっきに塗っていく。遠い昔のことなのにどうしてそんな細かいところまでスクリーンに残っているのだろう。畳の部屋で、机ではなく、畳の上や膝に画用紙をおいてうつむき加減で一気に描きあげたように思う。仕上がった絵はまわりを明るくした。

絵に関するコメントはおぼえていない。

ただ、絵に関連して後日談がある。一年ほどしてからだから、中学に入ったばかりのころだった。図工の時間に描いた絵がこの絵と似通ったものになってしまった。合評会で、先生が、どれがいいか、数点ずつ、黒板にたてかけて、生徒に手をあげさせた。自分の絵にきたとき、どきどき心臓の鼓動がはやくなる。

義弟に贈った司馬遼太郎、32歳の作。1955　クレパス、色紙　27・0×24・3

結果、多くの生徒が手を挙げてくれてほっとした。

クレパスの塗り方や配色なども違うのだが、絵の精神は強く刷り込まれている。おこがましいが合作したような、得意気な気分だった。ずっとのち、私の両親が亡くなっていっしょに暮らすようになった大学生のころ、そのことを話した。義兄は「あほやな」と苦笑した。絵にまつわる言葉はこれだけだった。

いや、ずっと言葉はなかったと思いこんでいた。〝映像〟の中だけで、実際の絵の存在を長い間確かめていなかった。「送る会」もすんで梅雨に入りかけたころ、偶然、絵が話題になった。それで久々に対面した。

相当古びた額に納まっていた。画用紙だと思っていたが色紙に描いてあった。違っていたのはそこだけで、後は自分の〝映像〟と色あせることなく重なった。丘の上の一本の大木に月の光があたり、夏の明け方だろうか。メルヘン的な雰囲気の中に希望を感じた子供のころがよみがえってくる。裏を返して、驚いた。

暁闇に立つ

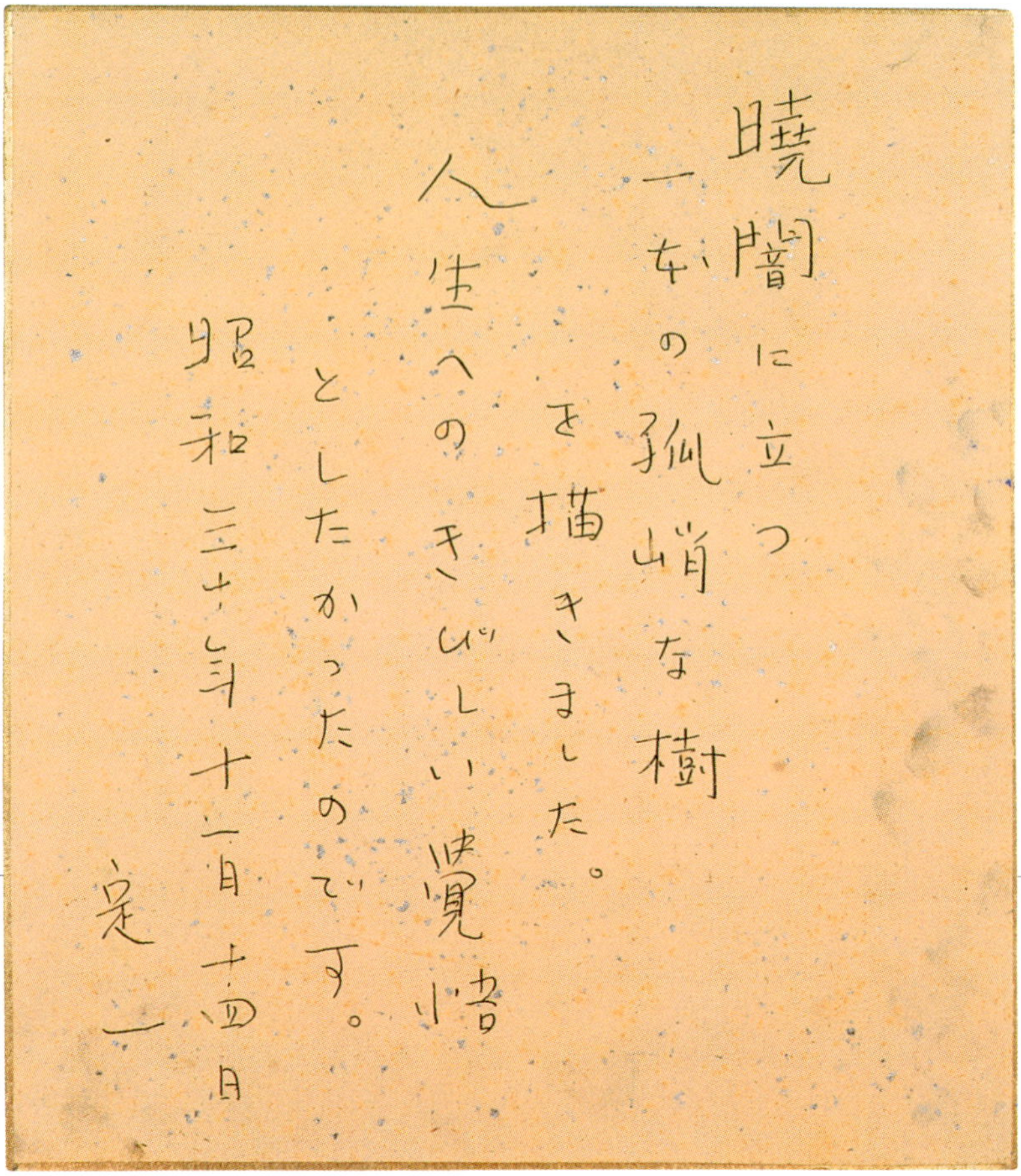
暁闇に立つ
一本の孤峭な樹
を描きました。
人生へのきびしい覚悟
としたかったのです。
昭和三十年十一月十四日
定一

前頁の絵の裏には、義弟への激励とも、自らの決意とも受けとれる言葉が残されていた。この翌年、福田定一は作家・司馬遼太郎として出発する。

一本の孤峭な樹
　を描きました。
人生への　きびしい覚悟
としたかったのです。
昭和三十年十一月十四日
定一

私にくれたメッセージであると同時に、この翌年に司馬遼太郎のペンネームが誕生していることから、作家生活に入る心構えのつもりだったのだろうか。

当時、義兄が遊びに来るときは、必ずいっしょについてくるものがあった。

私たちが住んでいた家の近くに独特の風味で評判の自家製アイスクリームを扱う喫茶店があった。義兄が来るときは、この店でコーヒーを注文して勘定をすませたうえでぶらっとはいってきた。あとからコーヒーがついてくる。いかにも義兄らしい気配りであった。さらにこの日は、絵がついてきたのだ。

この絵には実に大きく勇気づけられた。思い出すのはなぜか気弱になったときだとか滅入ったときが多かった。絵を思い描くと、きまってもやもやが晴れた。自分のスクリーンに、この木がいつもすっくと立っている。

三 東大阪の家

黄色いバラをたっぷりと活けた銅製の花入れは
須田剋太画伯からの新築祝いだった。広々とし
た玄関にまで蔵書が溢れ出ている。
撮影：野中昭夫（以下注記のないものすべて）

今年（一九九六）の一月末、例年のように、三浦半島に住む友人が届けてくれた菜の花を、銅《アカ》の花《はな》入《いれ》にバサッと活けて玄関に飾りました。司馬さんはその時、すでに体調を崩しており、原元造先生が往診に来て下さっていました。先生は帰りがけに菜の花に目をとめて、「この花は観賞用のものですか、食用ですか?」と。「観賞用です」と数本を差し上げたら、「春をいただいて帰ります」そう仰言られた光景だけが、暗かった今年を思い出す時、ポッと明かるく胸に残っています。

その花入に、今日は黄色いバラを活けました（93頁）。いい花入でしょ。須田剋太さんからの新築祝いなの。何にしましょうかときかれて、司馬さんも私もアカが好きだから、アカの花

「司馬さん」は黄色い花が好きでした

【談】福田みどり［夫人］

入がほしい、バサッと活けられるデザインがいいと注文を出しました。さすがに須田さん、私たちの好みをよく心得ていらして、ぴったりの素敵なものを下さったのでうれしくて。しかも、大家の先生などではなく、町の職人さんに頼んで作ってもらったのですって。ずっと愛用しています。

夫人が赤い靴下を編んでくれた。司馬サンは寒がりだったのだ。居間にて。1990頃
撮影：伊藤久美子

菜の花をはじめ、司馬さんが好きだったのは黄色い花が多いわね。石蕗《つわぶき》でしょ、山吹、蠟梅《ろうばい》、小菊、春になると門から玄関への踏み石の隙間から、タンポポがひょっこりと顔を出したりすると、もう可愛くて。それから露草に山つつじ、龍のひげ……。あの人が好きな、そんな草花を、写真に撮ってはポストカードに仕立てていたら、箱いっぱいに増えてしまいました。

繁りすぎた枝を払おうとすると、「あの枝伐ったら、もう二度とそこから生えへんと思うよ、ボク」といって反対する人でしたから、我家の庭は木がよく繁って、枇杷でもドングリでも山ほど実をつけるの。自然の、ありのままの庭が好きだったのね。まるで雑木林。おかげで秋にはいながらにして紅葉狩りの気分になるし、春は「新緑の匂いはいいなあ、上等の皮靴の匂いがする」。妙な表現だなと私は思うのだけど、そんなことを言ってました。

愛用の湯呑やご飯茶碗って無いんですよ。それは、もっぱら私のせいなの。だって、

花の咲く木が好き、黄色い花が好き。そんなくさぐさで庭は埋まる。夫人は四季、それらを写真に撮っては自家製ポストカードに仕立てていた。

どれが誰の茶碗と決めておいて、もしその茶碗が壊れたとき……、私のだったらいいですよ、でも司馬さんのお茶碗だったらと思うと……、それがすごくいやなの。だから家では皆同じお湯呑、お茶碗にしていました。司馬さんにはよく、君の感覚は原始的だと笑われたものです。

　日常の暮らしにおいては、煙草の銘柄以外、およそものにこだわらない人でした。いえ食物にはうるさかったわね、食通とは違った意味で。私は偏食なので、結婚する前、牛肉は嫌い、魚はいやというと、「僕も嫌いです」。「何が好きなの？」「油揚」。大変なカニ・アレルギーなので、中味がわからないような料理には手をつけなかったのですが、お肉は大好きだったわね。変に手をかけず、ステーキ、カツ、すきやきなどの単純な料理がいいので、その点、楽といえば楽でした。

［右］門から玄関へ誘なう石畳。石と石との間から折々にタンポポや龍のひげが顔を覗かせる。
［上］自筆の表札。

シンプルで、明るくて機能的な家を注文しました

我家の引っ越しの原因は、もっぱら増えつづける本にありました。1DKの新婚時代、私が帰宅したら司馬さんが襖をとり払って本棚にしていたり、2DK時代には整理ダンスが忽然と消えて本の置場と化していたことも。で、一軒家を建てることになり、どうしましょうと言ったら、〝まかす〟と一言。仕方ないので、方眼紙を買ってきて、当時住んでいたアパートを原型に間取りをひきました。その家も本のためたちまち手狭になり、昭和五十四年に今の家を建てましたが、構造は前の家をさらに大きくしてもらったものです。結局、あの小さなアパートの間取りが原型になっているわけね。私たち夫婦の好みは、機能的で明るくシンプル。この三つに尽きるんじゃないかしら。それから気取ったのが大嫌い。東大阪市に家を構えたその大きな理由は、ひとえにこの辺りの庶民的なカラッとした土地柄を司馬さんが気に入っていたからでした。

　この家には大きな書庫を据えました。いつも本の置場所のことでは大騒ぎでしたから、これで一安心、と思ったのも束の間、すぐにいっぱいいっぱいになって、せっかくゆったりとった玄関のまわりや廊下も、本の壁で埋まってしまいました。

てらいのない玄関

[右頁]玄関を入ると迎えてくれるのがピエール・ラプラードの水彩画《公園の女》と、司馬サンのスケッチを友人が置物風にアレンジしてくれた1点。
[左頁]雑木林の風情が司馬サンの好みだった。落葉樹が多く、春から夏にかけてしたたるような緑の庭となる。

雑木林風の庭

見上げれば須田剋太

階段室には須田剋太の抽象作品(1979)が掛けてあった。

壁面は〝本〟

ゆったりと幅広に設計された廊下だったが、もちろん、たちまちのうちに本の壁が出現した。物に淫しない司馬サンが唯一こだわった貴重な書籍資料である。

数々の傑作を生んだ特注ブーメラン机

くの字型に曲がった書き物机は自らデザイン、注文したもの。机に対し、斜に構えるような姿勢で執筆するので、肘が当たる部分に柔らかい布が貼りつけてある。椅子も長年愛用したもので軸が折れた時には「ほとんどパニック状態」になった。

日常のコマゴマしたことに無頓着だった司馬さんですが、仕事に関係したことには本気でこだわりましたね。その最たるものが本や資料でしょう。旅行先でもメモ帳や筆記用具を入れた紙袋は、人にまかせずに自分で管理してました。もっとも忘れ物の名人で、その点は私も似てるので、お互いに始終、探しものをしてたわね。

書斎の、くの字に曲がった大きな机（前頁）は、執筆の時の姿勢にあわせて自分でデザインし、特注したものでした。司馬さんがものを書く時の格好はちょっと変っている。机に向かうというよりも、寄り添うというか、斜めに構えて坐る形。で、肘をつく。肘のあたりが冷たいからと、柔らかいフェルトを机に貼りつけました。その机にあわせた椅子が壊れた時の大さわぎといったら。とても丈夫な椅子で、もたれてギユーギユー反りかえっても何ともなかったのに、ある日軸がポンと折れてしまった。「困った、困った、これが無かったら書けへん！」。あの人はもう、ショックでほとんどパニック寸前でした。私もどうしたらいいか気が滅入ったものです。幸い、近所の鉄工屋さんがうまく継いでくれて、本当にホッとしましたよ。あの椅子は、よく回転して不安定で、私はとても疲れるの。だけれども、司馬さんの身体や書くリズムにはぴったり合っていたのでしょう。

万年筆は、いただく機会が多くて、何十本の単位で持ってました。似たような色形のものが多いなかで、特に書き易くて気にいった万年筆には、シールを貼って、しっかり区別していました。

仕事に疲れると、書斎の隣りのサンルームで、好きな志ん生や米朝の落語テープを聞きながら一休み。その縁先に大きな土管が据えてあります（右下）。ある時ふと司馬さんが、サンルームの傍に菜の花を植えたいなって言ったのね。それを聞いた人が、井戸用のものかしら、太い土管を見つけてきてくれました。それが届いた時、もう司馬さんは大喜びでした。土管をプランターにするなんて何とも意表を衝かれる思いつきでしょ、感動しましたね。司馬さんの願い通り、春にはここに菜の花がこんもり咲き、夏になったら露草を植えることにしてました。

昭和六十年頃、七月の半ば、たまたま二人でアメリカ旅行に出掛け、帰国したときのことでした。翌朝、私はまだ寝《やす》んでいたのだけど、あの人が露草にジョウロで水を遣っているじゃありませんか。雨戸越しにその水音を聞きながら、一瞬、男性の不思議なかわいさを思ったことをよく覚えています。露草に気持ちを向けることで我が家に帰ってきたことを確認したのではなかったかしら。露草という花がまた、雫のようでいじらしく、そういう気持ちをそそる花ですものね。

サンルームに面した軒下に直径1メートルはあろう土管が据えてある。
この巨大な植木鉢に、春には菜の花、夏には露草を育てて楽しんだ。

司馬サンの趣味は何だと思いますか？

眼にもあざやか、推敲の跡

推敲のための筆記具には緑色のダーマトグラフを愛用した。気に入っていたその色合いがある時期から微妙に変ってしまったことをしきりに残念がり、一寸たらずになっても昔のダーマトを使った。

執筆中の司馬さん。1970
撮影：松崎国俊

ヴラマンクもさりげなく

応接間の壁面を飾るヴラマンクの水彩画。下は山本正道の彫刻。

唯一のおしゃれアイテム〝バンダナ〟の山

毎朝、枕許に山と積んだバンダナの中から、その日のシャツに似合う1枚を時間をかけて選び出した。

シャツとバンダナ、ハンケチを一組ずつセットにしてあるのは夫人のアイディア。旅行先での手間をはぶくためだとか。

司馬さんは若い頃、美術記者をしてましたから、絵を見る眼はあったと思いますよ。知り合いの画商がいろいろ絵を持ってくると、時々買ったりしてましたから。けれども、絵に限らず、積極的に蒐集するということはしない人でした。例外的に、蒐めたわけではないけれども、何百枚も持っていたのがバンダナ（前頁）。

バンダナを司馬さんは手放せませんでした。パジャマの上からでもしているほど。もともとが寒がりで、少しでも喉元が開いているのが嫌いなのね。胸元をちょっと開いて着たほうが格好がいいシャツでも、きっちりボタンをはめてました。そのバンダナ好きが知れわたって、手伝いのお嬢さんや甥たちからのプレゼントといえばいつもバンダナ。そうして増えた色とりどりのバンダナは、ベッドの枕もとにうずたかく重ねてありました。その日に着るシャツやセーターを用意しておくでしょ。朝起きた司馬さんは、バンダナの山の中から、ぴったり合う一枚を選びに選ぶのね。それを身につけると、手伝いのお嬢さんたちに、これどうかなって尋ねては褒めてもらっていたようですよ。日頃は着るもの履くものすべて私がまかされてましたけれど、そんななかで、我が家にいる時、毎朝自分でバンダナを選ぶ、それが司馬さんの唯一のささやかなお洒落だったのでしょうね。

富士霊園にある文学者たちのお墓に分骨したときも、甥たちが、〝おじちゃん〟の好きだったお菓子のビスコをバンダナで包んで供えてくれました。

【引用出典】

◆「竹ノ内街道こそ」『芸術新潮』1976年11月号
◆「竹内街道」『街道をゆく 1』1978年 朝日文庫
◆「近江散歩」『街道をゆく 24』1988年 朝日文庫
◆「湖西のみち」『街道をゆく 1』1978年 朝日文庫
◆「檮原街道（脱藩のみち）」『街道をゆく 27』1990年 朝日文庫
◆「維新の起爆力・長州の遺恨」『歴史を紀行する』1976年 文春文庫
◆「長州路」『街道をゆく 1』1978年 朝日文庫
◆「越前の諸道」『街道をゆく 18』1987年 朝日文庫
◆「南伊予・西土佐の道」『街道をゆく 14』1985年 朝日文庫
◆「蒙古塚・唐津」『街道をゆく 11』1983年 朝日文庫
◆「忘れられた徳川家のふるさと」『歴史を紀行する』1976年 文春文庫
◆「島原・天草の諸道」『街道をゆく 17』1987年 朝日文庫
◆「神田界隈」『街道をゆく 36』1995年 朝日文庫
◆「本郷界隈」『街道をゆく 37』1996年 朝日文庫
◆「文明の配電盤」『この国のかたち 三』1995年 文春文庫
◆「三浦半島記」『街道をゆく 42』1998年 朝日文庫
◆「出離といえるような」『微光のなかの宇宙 私の美術観』1991年 中公文庫
◆「甲冑」『この国のかたち 三』1995年 文春文庫
◆「激しさと悲しさ——八大山人の生涯と画業」『微光のなかの宇宙 私の美術観』1991年 中公文庫
◆「裸眼で」『微光のなかの宇宙 私の美術観』1991年 中公文庫
◆「八木一夫雑感」『微光のなかの宇宙 私の美術観』1991年 中公文庫
◆「八木一夫と黒陶」『芸術新潮』1977年8月号
◆「微光のなかの宇宙」『微光のなかの宇宙 私の美術観』1991年 中公文庫
◆「都市色彩のなかの赤」『風塵抄』1994年 中公文庫
◆「密教の誕生と密教美術」『微光のなかの宇宙 私の美術観』1991年 中公文庫
◆「手に入れた洛中洛外屏風」『芸術新潮』1965年10月号

横須賀で取材中の襟元にもバンダナがチラリ。1995年2月
撮影：長谷忠彦／提供：朝日新聞社

安藤忠雄設計
司馬遼太郎記念館オープン

司馬遼太郎との対話の場に

上村洋行
［うえむら・ようこう　司馬遼太郎記念館館長］

司馬遼太郎記念館にどんなイメージをもたれるでしょうか。記念館にして記念館にあらず、と言えば判じ物じみてしまいますが、展示中心の記念館ではなく、来館者それぞれに何かを感じ取っていただける対話空間を提供できればいい、と考えています。

記念館は東大阪市の住宅街の一画にある司馬遼太郎の自宅と隣接地に建つ安藤忠雄さん設計の建築で構成します。安藤さんは私どもの考えを見事に具体化され、司馬遼太郎が好きだった雑木林風の庭を延長し、その緑に包まれるように建物を造形されました。

自宅の正門を入れば記念館です。司馬遼太郎は雑木林の雰囲気が好きでした。タンポポやツユクサ、菜の花といった野に咲く小さな花々も好きでした。自宅の庭は小さいながら雑木林風になっています。この庭を歩いて窓越しですが、司馬遼太郎の書斎を間近に見ていただきます。

庭に接続されたゆるやかな円弧を描くガラス壁の回廊伝いに安藤建築へ入れば、ひとりの作家の創造空間をイメージする〝もうひとつの書斎〟が広がります。

地下一階を含む二階建てで、大きく収蔵、展示、情報発信（ホール）の二つのスペースにわかれます。展示と言っても例えば直筆原稿や手紙、色紙

［右頁］安藤忠雄氏による司馬遼太郎記念館内部。吹抜けの展示空間には高さ11mの大書架が設けられ圧巻。ここに司馬遼太郎が執筆の手がかりにした約2万冊の書籍が納められている。上は部分。
撮影：野中昭夫（〜119頁）

といった展示品だけではないのです。この記念館はそういう意味では変わっています。

その代表が大書架。高さ十一メートルの壁面いっぱいに書棚がとりつけられ、二万余冊もの蔵書がイメージ展示されます。自宅には調査をしたわけではありませんが自著本なども含めて四万冊ほどの本が収まっています。けっして多い方ではありませんが、それでも玄関、廊下、書斎、書庫と家の中は本だらけ、といった様相です。

自宅は記念館の一部ですが、資料は司馬遼太郎の頭脳の延長上にあり、資料のメモ書き、付箋などのついた本は移動すべきではない、ということから開放せず、そのまま保存することにしました。このため、館内にはハイビジョンで自宅蔵書の様子を撮影した映像を放映してイメージの補完をはかりたいと思っています。

ホールは記念館活動の要になるかもしれません。約百五十席の小ホールですが、講演会、読書会、さらにはユニークな楽器の演奏会などを企画してふれあいの輪を広げ、新しい文化のネットワークの構築をめざします。

司馬遼太郎は福田みどりとともに自宅の周辺を散歩しておりました。コーヒーを飲み、そばを食べ、散髪に行く……。街のざわめきが感じられる場所が好きでした。記念館をここに建てたのもそのためです。記念館とその周辺をぜひ歩いてみてください。

この記念館はみなさんとともに建てる、つまり文化を共有するという観点から建設しました。建設のさい、募金を呼びかけましたのもその一環でした。むろん自己資金だけではまかなえなかったからではありますが、広く多くの人々の参画意識から新しいコミュニケーションが生まれ、文化の向上に寄与できると願ってのことです。

厚意を寄せてくださった八千人を超える個人、さらに企業、団体と多くのみなさまのおかげで開館をむかえることができました。

このことをしっかりと受け止め、みなさまとともにこの国のかたちを考えていくことができれば、と願っています。

［右］地階の大書架空間（112頁）から1階に上がる階段。
［左頁］庭の緑が透けてうつくしいステンドグラス。

雑木の森の光
司馬遼太郎記念館設計にあたって

安藤忠雄
［あんどう・ただお　建築家］

作家・司馬遼太郎の記念館である。司馬遼太郎は、わが国におけるもっとも偉大な文学者のひとりであり、その作品によって、戦後の日本人に自信を与え勇気づけた人物である。一九九六年に多くの人々に惜しまれながら他界されたが、その大きな文学的遺産を後世に伝えるための記念館の設立計画が、数年の歳月をかけて温められてきた。

設計の依頼を受けたとき、記念館の敷地に隣接する司馬さんの自邸を見学させていただいた。彼が原稿執筆に使っていた書斎スペースのうしろには、膨大な資料が残されていた。その本の量は、私の想像をはるかに超えたものであった。かつて、神田の古本屋街から、ある特定のテーマの書籍類が忽然と姿を消すということが、しばしばあったという。それは、司馬さんが新しい小説の執筆のために買い集めたからだという話が伝説のように語り継がれている。彼が一回に取り寄せる書籍の量は、ダンボール箱何十個分にもおよんだという。

今回、この記念館を設計するにあたり私が考えたのは、司馬さんが背負われてきたこれらの資料につつまれた空間をつくろう。そうすれば、彼の思いを一瞬にして伝えることができるのではないかということだった。

できあがった建物は弓形で、アプローチは、司馬邸の門を入るところからはじまる。前庭を通り、建物のラインに沿った円弧状のスロープによって館内へと導かれる。司馬さんは、ふつう庭木としてあまり使われないようなモチノキやヤマモモなどの雑木を愛した。それは司馬さんの文学を理解する上でひとつの重要な要素であると思われた。そこで、司馬さんの住まわれていたご自宅の庭から雑木の森を拡張し、建物の前面を覆うようにした。

建物に入ると、入り口から奥に行くに従い開口が制限され、闇の中に入っていくような構成となっている。その薄暗い空間の

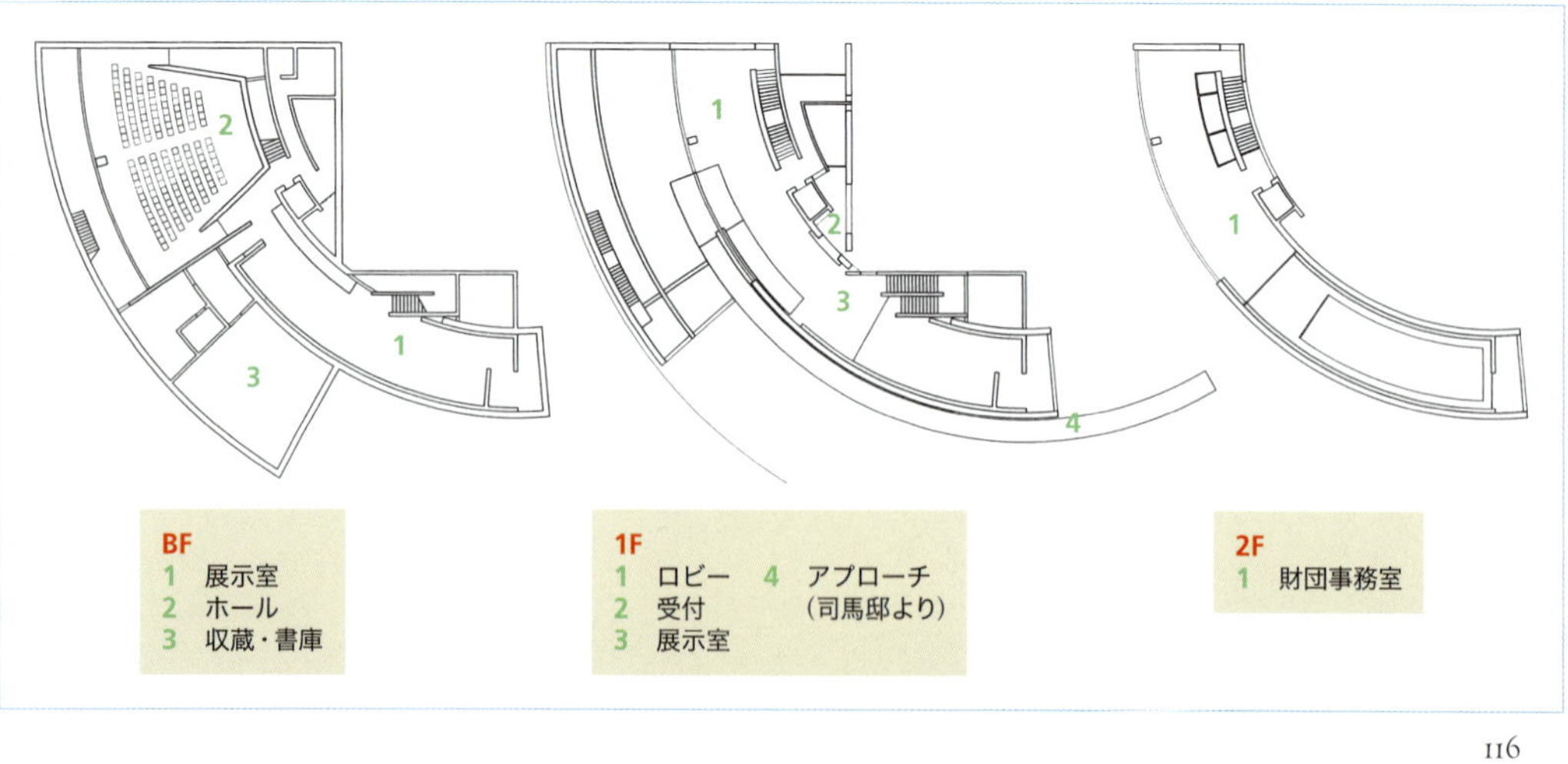

奥に、白いステンドグラスを設け、そこから雑木の森の緑を通した光が入り込んでくるようにした。ステンドグラスには、さまざまな大きさと形、模様をもった透明なガラスがはめ込まれており、それぞれに違った表情の光を室内に落とす。そのステンドグラスは、さまざまな個性をもった歴史群像を象徴し、人間はひとりひとり違うということを表現している。

館内の展示室は、三層吹抜けの空間で、壁面の全てが書架によって覆われている。書架には、司馬さんが小説の執筆の手がかりとした膨大な量の本が収納される。行く先の見えない戦後日本の闇に、先人の偉業を通してこぼれおちてくるかすかな光を見出しながら、人々に希望を与えてきた司馬さんの文学の世界を、この空間で表現しようと思った。

司馬遼太郎の愛した環境、そして彼が日本中、世界中から集めた書籍という、かけがえのない素材を預かって、いかにしたらそれらをうまく引き立てられる記念館をつくれるだろうかと考えた。司馬ファンはもとより、より多くの人々に、司馬遼太郎の世界をより深く、より広く知っていただくことに、この建物が寄与できればと考えている。

安藤忠雄氏による司馬遼太郎記念館設計のためのスケッチ。雑木の森に囲まれた外観や、木々の緑を通した光をとりこむステンドグラス、壁面を覆う大書架、本につつまれた司馬邸書斎などさまざまなイメージがペンと色鉛筆を使って描き出されている。

雑木林風になった自宅庭のアプローチ。
木立の奥に司馬遼太郎の書斎があり、
窓越しに眺めることができる。

2001年11月1日開館の司馬遼太郎記念館は、作家が暮らした自宅と安藤忠雄設計の建物からなる。来館者はまず自宅の正門(右上)を入り、庭を散策(右頁)。アプローチはそのまま、ゆるやかな円弧を描く安藤建築の回廊(上)へと続き、建物内部(右)へ導かれる。

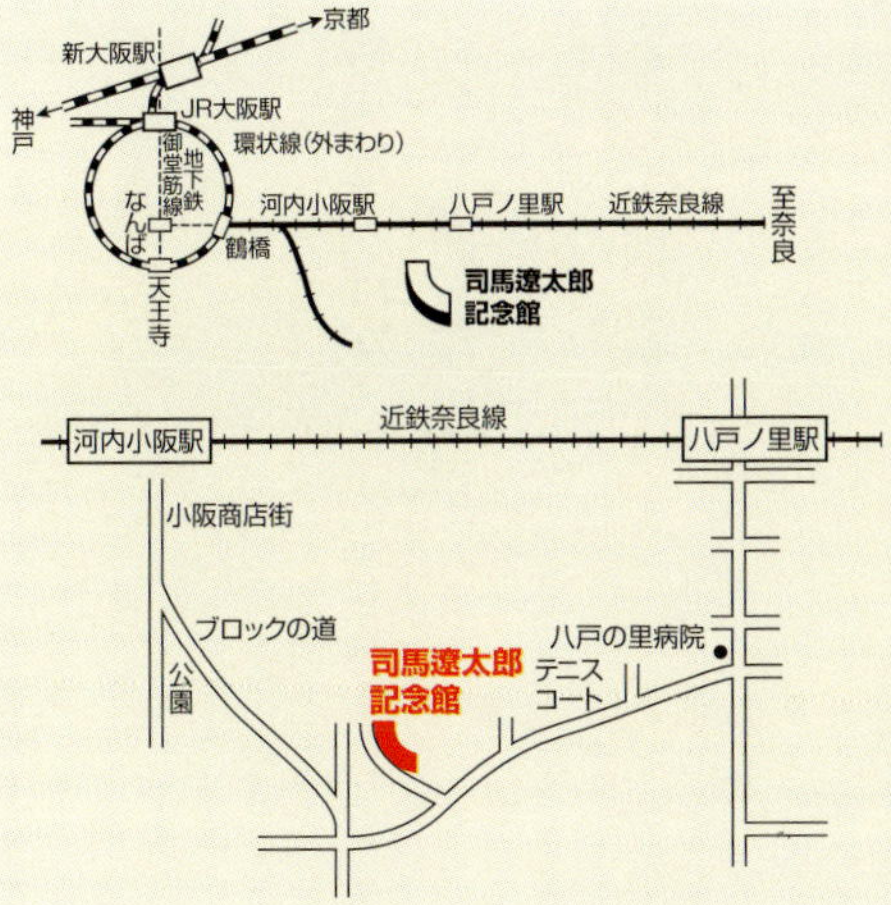

司馬遼太郎記念館

●住所：〒577-0803　東大阪市下小阪 3-11-18
●tel：06-6726-3860
●fax：06-6726-3856
●開館時間：10時～17時(入館受付は16時30分まで)
●休館日：月曜日(月曜日が祝日の場合は、その翌日)
年末年始(12月28日～1月4日)
特別資料整理期間(9月1日～10日)
●入館料：大人=500円、中高生=300円、小学生=200円(団体割引あり)
●ホームページ：http://www.shibazaidan.or.jp/
●交通アクセス：近鉄奈良線「河内小阪」駅下車徒歩12分、
同「八戸ノ里(やえのさと)」駅下車徒歩8分
●駐車場：無し。
住宅街の中にあるので、お車での来館はご遠慮下さい。

デザイン
大野リサ＋川島弘世

地図製作
白砂昭義（ジェイ・マップ）

本書は「芸術新潮」1996年８月号特集「司馬遼太郎が愛した『風景』」を再編集・増補したものです。今回新たに、神田・本郷界隈(p42〜47)、三浦半島(p48〜52)、司馬遼太郎記念館(p112〜119)の記事を加えました。
また、p119の地図は司馬遼太郎記念財団にご協力いただきました。

本書の地図および探訪ガイドのデータは2001年10月現在のものです。

とんぼの本

司《し》馬《ば》遼《りょう》太《た》郎《ろう》が
愛《あい》した「風《ふう》景《けい》」

発行——二〇〇一年一〇月二五日
五刷——二〇〇二年一二月一五日
編者——芸術新潮編集部《げいじゅつしんちょうへんしゅうぶ》
発行者—佐藤隆信
発行所—株式会社新潮社
住所——〒162—8711 東京都新宿区矢来町七一
電話 編集部(03)三二六六—五六一一
　　 読者係(03)三二六六—五一一一
印刷所—大日本印刷株式会社
製本所—加藤製本株式会社
カバー印刷所—錦明印刷株式会社

ISBN4-10-602086-6 C0391